Jörg Nöth

Verrückt nach Sandra

Angelgeschichten für Nichtangler

Jörg Nöth
Verrückt nach Sandra

Angelgeschichten für Nichtangler

Für Maximilian, weil er mein Hobby mit der gleichen
Leidenschaft teilt und Carolin, weil sie meine Macken
erträgt und mir ausreichend Zeit am Wasser lässt.

1. Auflage April 2018
Jörg Nöth, Verrückt nach Sandra
Angelgeschichten für Nichtangler

Umschlagfoto: Fotolia – Romolo Tavani
Small Fish with Ambitions of a big Shark.
Illustrationen siehe Seite 159

Umschlag- und Buchgestaltung
Holger Käding, Design-Pool Hamburg
Autorenfoto: Carolin Nöth

Herstellung und Verlag:
BoD - Books on Demand, Norderstedt
ISBN 978-3-7528-3700-1

„A bad day fishing is still better than a good day at work"
(unbekannter Schneider)

Inhaltsverzeichnis

Vorwort

Wer hat sie noch nie gesehen, die Gestalten, die täglich an den Ufern unserer Flüsse und Seen hocken, meist grün gekleidet und durch einen großen Schirm geschützt vor Sonne, Regen und neugierigen Blicken. Aber wer kennt sie wirklich?

Wortkarg sind sie, so dass sich nur schwer ergründen lässt, was wirklich unter ihren Schlapphüten und Baseballkappen vorgeht. Sind sie wirklich so unwirsch, wie sie dem unbefangenen Beobachter erscheinen, wenn sie dessen Frage nach dem bisherigen Fang im besten Fall mit einem Kopfschütteln oder einem muffigem Grunzlaut beantworten, in schlechteren Fällen auch schon mal mit der Geste des Halsabschneidens?

Stundenlang harren sie bei Wind und Wetter am Wasser aus, trotzen den Stürmen ebenso wie der Kälte und gehen ihrem merkwürdigen Hobby nach. Seltsam gewandet sind sie, einige wirken etwas zerlumpt und dreckig, andere paramilitärisch angehaucht.

Wozu dieser Aufwand für ein paar Fische, wenn man doch überall gefrorene Fischstäbchen für kleines Geld bekommen kann?

Warum sind sie immer allein unterwegs? Haben sie keine Partner und wenn doch, wie vermehren sie sich, wenn sie selbst in der Nacht noch an ihrem Teich hocken?

Und warum fangen sie eigentlich nie etwas? Und weshalb lügen sie laufend so ungeniert? Dieses Buch gibt ausführlich Antwort auf solche und ähnliche Fragen aus der Welt der Angler. Und es hilft deren Ehegatten über die schlimmsten Macken ihres Partners hinweg. Alle Ausführungen in diesem Buch entsprechen in vollem Umfang der Wahrheit, sind allerdings nicht immer ganz ernst zu nehmen.

Von einem, der es wissen muss, einem Angler.

Kapitel 1

So fing es an

Anwälte angeln nicht.

Im Gegensatz zu Ärzten, die in ihren Wartezimmern fast immer aktuelle Zeitschriften wie „Fisch & Fang" oder „Wild & Hund" ausliegen haben, bringt man Anwälte eher selten mit der Fischwaid in Verbindung. Notare schon gar nicht. Anders als die offenbar naturverbundenen Ärzte vermutet man letztere zu Recht meist auf Golf- oder Tennisplätzen. Außer mir selbst kenne ich auch keinen Anwaltsnotar, der gleichfalls meinem Hobby frönt, wobei ich natürlich nicht ausschließen will, dass nicht doch der eine oder andere Kollege erfolgreich den Fischen nachstellt. Wenn Sie erfahren, dass ich nebenher noch eine Geflügelzucht betreibe, werden Sie mich möglicherweise für etwas kauzig halten. Sie kommen der Sache also schon näher.

Ich bin vermutlich der einzige Anwaltsnotar, der neben Hühnern auch Fische über die Klinge springen lässt und der sich nicht mit gewonnenen Prozessen, sondern mit gefangenen Fischen brüstet. Es stellt sich die Frage, wie der Anwalt zur Angel gekommen ist.

Ich bin in ländlicher Atmosphäre aufgewachsen und war es von Kindesbeinen an gewohnt, allerlei Getier mittels selbstgebauter Kescher aus dem örtlichen Ententeich zu ziehen, insbesondere Frösche, Kröten und Molche, die es seinerzeit noch im Überfluss gab und die nach fachmännischer Begutachtung wieder in ihr nasses Element zurückgesetzt wurden. Gelegentlich an Land geholte Fische

11

waren eine seltene Ausnahme und galten als besonderer Glücksfall.

Dies änderte sich, als mir mein Vater eines Tages eine Angel aus dem Urlaub mitbrachte. Es handelte sich um eine Bambussteckrute ohne Rolle, wie sie heute noch in Badeorten am Meer für Kinder verkauft werden. Niemand beklagt sich, wenn die Kinder irgendwo ohne Angelschein mit diesen Ruten fischen, da sie zum Fang von Fischen eigentlich nicht geeignet sind. Aber das stört die Kinder nicht.

So quengelte auch ich so lange, bis mein Vater mit mir und einer Konservendose voll Regenwürmern bewaffnet an einen nahe gelegenen Steinbruch abrückte. Dort suchten wir uns ein sonniges Plätzchen. Mein Vater zeigte mir, wie das Gerät zu handhaben und ein Wurm am Haken zu befestigen sei und begab sich dann zu einem in Sichtweite gelegenen Haus im Wald, angeblich um mit dem Eigentümer über die Fischereirechte zu verhandeln. Erst sehr viele Jahre später erfuhr ich, dass es sich bei dem lauschigen Haus am See um ein übel beleumundetes Lokal gehandelt hat, das den Höhepunkt seiner traurigen Berühmtheit erlangte, als es im Zusammenhang mit der VW-Affäre um Klaus Volkert und brasilianische Prostituierte den Sprung auf die Titelseite der „Welt" schaffte.

Ich blieb am See und angelte. Stunde um Stunde. Als mein Vater zurückkam, schwamm bereits eine handvoll Barsche in meinem Eimer. So bin ich nicht nur auf den Geschmack gekommen, sondern hatte auch gleich die wichtigste Tugend der Angelei – Geduld – gelernt. Erstaunt war ich allerdings, wie leicht es mir in Zukunft fiel, meinen Vater zu weiteren Angelpartien zu überreden. So gewöhnte ich mich bereits früh daran, viele Stunden allein am Wasser zu verbringen.

Irgendwann schwebte mir dann etwas Größeres vor als immer nur handlange Barsche. Als in der Lokalzeitung ein Wettangeln des örtlichen Vereins angekündigt wurde, hielt ich meine Stunde für gekommen. Da meine Mutter schon damals der Meinung war, alles regeln zu müssen, wandte ich mich vertrauensvoll an sie.

Tatsächlich weckte sie mich am Sonntag schon früh um acht Uhr, so dass wir nach dem Frühstück so gegen neun Uhr mit Sack und Pack am Vereinsgewässer waren. Damals kannte ich die anglerische Gepflogenheit, solche Veranstaltungen zu nachtschlafender Zeit abzuhalten, noch nicht, und so war das Wettfischen fast vorüber, als wir erschienen. Obwohl ich weder Vereinsmitglied war, noch über einen Angelschein verfügte, erwirkte meine Mutter beim Vorsitzenden, nachdem dieser einen mitleidigen Blick auf meine Ausrüstung geworfen hatte, die Erlaubnis für mich, ins Geschehen einzugreifen. Meine Mutter war nicht nur eine resolute, sondern auch sehr attraktive Frau. Da sich hierdurch nur der Vorsitzende, nicht aber die Fische beeindrucken ließen, ging ich an diesem Tag leer aus.

Den nächsten Versuch startete ich an der Ise, einem kleinen Flüsschen, das sich als Wochenendziel großer Beliebtheit erfreute, da man dort Boote mieten konnte. Bei unserem Familienausflug dorthin hatte ich natürlich meine Angel und die unvermeidliche Wurmdose dabei. Ausgefallene Ködervariationen gab es damals noch nicht. Leider konnte ich statt des erhofften Fisches nur das Bein meiner kleinen Schwester haken, die sich unvorsichtigerweise im Bereich meines Wurfarmes aufgehalten hatte. Der Angelhaken mit Wurm, der in ihrem Knie steckte, bot einen wirklich unerfreulichen Anblick. Dementsprechend groß war das Geschrei meiner Schwester.

Obwohl ich in den kommenden Jahren die Angelprüfung ablegte und in einen Verein eintrat, ließen nennenswerte Erfolge noch immer auf sich warten. Dies lag nicht zuletzt daran, dass ich anfangs, wie bereits erwähnt, meist allein und ohne Anleitung am Wasser verbrachte. Meinen ersten größeren Fisch, einen Dorsch von etwa fünf Pfund, fing ich während eines Familienurlaubs an der Ostsee. Nun ist ein solcher Dorsch nicht wirklich ein Riese. Für mich, der bislang nur kleine Barsche und Plötzen gefangen hatte, war der Fisch kapital. Entsprechend stolz schleppte ich ihn in unsere Pension, damit meine Mutter ihn zum Abendessen zubereiten konnte.

Wir bewohnten im Urlaub ein Zimmer mit Balkon. Eine Küche stand nicht zur Verfügung. Aber auch hier bewies meine Mutter Organisationstalent. Nachdem die Vermieterin die von uns geäußerte Bitte, ihre Küche zur Fischbraterei umzufunktionieren zu dürfen, kategorisch abgelehnt hatte, kaufte meine Mutter alles Erforderliche ein: Gaskocher, Bratpfanne, Teller, Besteck, Butter, Pfeffer und Salz.

Zur Tarnung wurde unser Balkon nach allen Seiten hin mit Badelaken abgehängt. Trotzdem waren die Rauchschwaden des bratenden Fisches weithin sichtbar. Das Bratfett spritzte auf Wand und Boden. Hätte die Vermieterin geahnt, was wir auf ihrem Balkon veranstalten würden, wie gern hätte sie uns ihre Küche zu Verfügung gestellt. Selbst Schuld!

Kapitel 2

Vom Fischer und sine Fru

Anglerfrauen haben es schwer.

Nicht nur, dass ihre Männer zu nachtschlafender Zeit aus dem Bett springen, um ans Wasser zu eilen oder erst weit nach Mitternacht vom Aalangel zurückkehren. Die Kerle neigen zudem zu maßlosen Aufschneidereien, etwa, wenn sie nach dem Fang eines 20-Zentimeter-Barsches dessen Länge mit der rechten Handkante auf dem linken Oberarm markieren.

Auch tendieren sie dazu, einen leicht fischigen Geruch zu verströmen. Das hat die Freundin meiner Frau dazu veranlasst, mir eine Tasse mit der Aufschrift „Angler sind nicht tot, sie riechen nur so" zu schenken, mir aber treuherzig zu versichern, dass dies nicht persönlich gemeint sei.

Am meisten hassen Anglerfrauen die Angewohnheit, Maden und Würmer in kleinen Plastikdosen im ehelichen Kühlschrank aufzubewahren. Mir ist es allerdings gelungen, selbst das noch zu toppen, indem ich versehentlich eine größere Anzahl Maden im Auto meiner Gattin entkommen ließ. Dies fiel zunächst nicht weiter auf, da sich die kleinen Krabbler sofort in irgendwelche Ritzen verkrümelten und dann wochenlang nicht mehr zu sehen waren, weil sie sich in ihren Verstecken verpuppt hatten. Mit steigenden Temperaturen schlüpften aus den Maden jedoch nach und nach fette schwarze Brummer, die freudig zu Dutzenden im Auto meiner Frau kreisten. Zu dieser Zeit fuhren wir häufig mit offenen Fenstern, obwohl das Wetter dies

15

eigentlich nicht erlaubte. Seither schaut mich meine Frau jedes Mal scheel an, wenn sich ein Brummer in ihr Auto verirrt hat.

Noch schwerer haben es Anglerfrauen, wenn auch noch ihr Nachwuchs zum Angler wird. Doch davon später.

Es verwundert daher nicht, dass Angler häufig Schwierigkeiten haben, die zu ihnen passende Ehefrau zu finden. Ein angelnder Blondhase ist nun mal nicht einfach zu fangen. Nur unerfahrene Jungangler träumen noch von einer attraktiven Partnerin, die zumindest einmal im Leben Playmate des Monats war und zudem ihr Hobby teilt. Häufig liest man in Angelzeitschriften, unter der Rubrik „Kontakte", Anzeigen verzweifelter Petrijünger etwa folgenden Inhaltes: „Strammer Hecht sucht zarte Schleie zum gemeinsamen Flösseln!" Träumt weiter, Jungs! Mit der Zeit kommt die Erfahrung. Welcher alte Hecht hätte schon gern eine Frau mit schwarzen Fingernägeln, stinkenden Gummistiefeln, Friesennerz und Fischgeruch, deren einzige Fingerfertigkeit darin besteht, einen Wurm auf einen Haken zu spießen. Gerade der Gedanke an Letzteres ist es, der uns erschreckt und uns den Wunsch auf eine Anglerin aufgeben lässt.

Wie es mir gelungen ist, meine hübsche Frau zu angeln, ist mir bis heute ein Rätsel, da sie Fischen sowohl im lebenden als auch im gebratenen Zustand nichts abgewinnen kann. Unser erstes gemeinsames Essen, bei dem ich stolz einen selbst gefangenen Fisch servierte, konnte man dann auch, zumindest kulinarisch, als Pleite bezeichnen.

Also reduzierte ich in der Kennenlernphase und am Anfang unserer Ehe meine Angelexkursionen auf ein Mindestmaß. Frühmorgendliche Touren mit Weckzeiten um vier Uhr vermied ich ebenso wie nächtliches Aalangeln bei Schmuddelwetter. Für Würmer, Maden und ähnliche Schmankerln schaffte ich einen separaten Kühlschrank an, der im Keller und somit aus den Augen der skeptischen Ehefrau verschwand. Auch nahm ich meine jung Angetraute gelegentlich mit, um ihr einen Einblick in die Welt der Angler zu vermitteln. Sorgsam wählte ich in diesen Fällen malerische Plätze aus, die mit dem Auto gut zu erreichen waren und einen gewissen Sitzkomfort boten. Carolin, meine Frau, erfreute sich dann an der Natur, malte Bilder oder stellte sachkundige Fragen, etwa ob es sich bei dem gerade gefangenen Fisch um einen Weißaal – was auch immer das sein mochte – handelte.

Rührend besorgt war sie um das Wohl der gefangenen Fische. Als ich einmal einen etwa dreipfündigen Brassen fing und vom Haken befreite, war sie zunächst sehr erstaunt, dass ich einen solchen Brocken wieder freilassen wollte, bis ich ihr erklärte, dass diese Sorte für die Küche nicht taugt. Neugierig schaute sie mir über die Schulter, als ich ihn wieder zu Wasser ließ. Ihr erschreckter Aufschrei „Der ertrinkt ja," als der Brassen in die Tiefe trudelte, konnte mir nur ein mildes Lächeln abringen. Noch weniger kamen bei mir ihre anglerischen Ratschläge an, die teilweise so skurril waren, dass sie sich an dieser Stelle nicht wiedergeben lassen.

Die Tatsache, dass ich nun überwiegend nachmittags bei Sonnenschein an stark befahrenen und damit auch viel beangelten Plätzen fischte, führte dazu, dass ich kaum noch Beute machte. Damit fielen auch einige der Sachen weg, die Frauen an Anglern so lästig finden, vornehmlich die Fische. Außerdem wurden die erfolglosen Sitzungen nicht nur für mich, sondern auch für meine Frau zunehmend langweiliger. Das führte dazu, dass ich wieder vermehrt allein ans Wasser konnte. Außerdem hatte ich mit zunehmender Dauer unserer Ehe den Eindruck, dass Carolin mich von Zeit zu Zeit ganze von der Backe hatte. Denn als Entschädigung für die Malausflüge in freier Natur hatte ich ihr einen Raum als Atelier zur Verfügung gestellt, in dem sie ungestört ihren künstlerischen Neigungen nachgehen konnte.

Auch ansonsten versuchte ich alles zu vermeiden, was sie gegen mein Hobby einnehmen konnte. So erkundigte ich mich vorsorglich nach Carolins Seetüchtigkeit, bevor ich sie zu einer Hochseeangelfahrt auf die Ostsee mitnahm. Selbstbewusst ließ sie mich wissen, dass sie bereits reichlich Erfahrung mit Schiffen gesammelt hatte, so dass eine solche Tagestour für sie überhaupt kein Problem sei. Trotzdem buchte ich die Fahrt vorsichtshalber an einem sonnigen Tag mit lediglich Windstärke 3 – Segler nennen so etwas Flaute.

Dennoch bereitete mir bereits im Hafen das zunehmend bleicher werdende Gesicht meiner Frau Kummer. Auf meine besorgte Frage, mit welcher Art Schiffen sie bislang so gefahren sei, erfuhr ich, dass es sich hierbei um Rheinfähren gehandelt hatte. Die acht Stunden auf dem Angelkutter blieben für Carolin dann auch ein unvergessliches Erlebnis. Auf eine Teilnahme an einer Hochseetour in der Karibik verzichtete sie später freiwillig.

So haben Fischer und Frau im Laufe von 20 Jahren zusammengefunden. Nur einmal noch gab es eine handfeste Auseinandersetzung. Als ich den präparierten Kopf meines Meterhechtes im Wohnzimmer aufhängen wollte und zu diesem Zweck unser Hochzeitsfoto von der Wand nahm, zeigte sie sich wenig einsichtig. Sie konnte auch meinen Stolz auf den Fang meines Lebens nicht teilen, fand den Kopf auch nicht dekorativ, sondern scheußlich, schon gar nicht zu unserer Einrichtung passend und forderte mich auf, „das Vieh unverzüglich rauszuschaffen." Nun hängt der Kopf in meinem Büro und das Hochzeitsbild wieder am alten Platz. Man kann im Leben halt nicht alles haben.

Kapitel 3

Endlich Verstärkung

Wie jedermann weiß, verrät man alte Steinpilzstellen und viel versprechende Hechtplätze allenfalls allernächsten Blutsverwandten
gerader Linie und das auch nur, wenn man die Pilze zuvor abgeern-
tet und den Hecht weggefangen hat.

Verwandte, die vorgenannten hohen Anforderungen entsprachen und
die Interesse an Steinpilzen oder Fischen zeigten, waren bei mir nicht
vorhanden. Den Erwartungen am nächsten kam noch meine kleine
Schwester, die Heilpraktikerin gelernt und Sozialpädagogik studiert
hatte, zwar einen Fisch nicht von einem Frosch unterscheiden konnte, sich aber immerhin für Pferde interessierte.

Wem sollte ich also meine Kenntnisse anvertrauen, wen in die
Geheimnisse alter Hechtplätze einweihen, wen in die Kunst des Angelns einweisen? Kein Zweifel: für die geeignete Person würde ich
selbst sorgen müssen. Also musste männlicher Nachwuchs her!

Erfreut nahm Carolin den Wunsch nach einem männlichen Erben zur
Kenntnis und das nicht nur wegen der erbaulichen Machart. Und
schon neun Monate später begleitete mich meine hochschwangere
Frau zu einem Frühjahrsangeln an den Kiessee.

Es herrschte ein Kaiserwetter vom allerfeinsten, wie man es häufig
Ende April hat. Die Sonne strahlte den ganzen Tag vom makellos
blauen Himmel, so dass es uns nicht länger in der Wohnung hielt. Da
wir noch keinen Garten unser Eigen nannten, packten wir einen trag-

baren Grill und Bratwürste zu den Angeln in meinen alten Ford und los ging es an den Kiessee. Dort saß meine Frau den ganzen Nachmittag stolz mit ihrem dicken Bauch, trank Cola, verputzte vier Würstchen und überließ mir die technischen Fragen des Grillens und Angelns. Soweit so gut.

Auch gegen Abend blieb es mild. Die Mücken tanzten über das Wasser und eine körperlich fühlbare Ruhe breitete sich mit der einbrechenden Dunkelheit aus. Das war der Moment, in dem es an meiner Aalrute plötzlich klingelte und die Schnur von der Rolle lief. Wer jemals in einer ruhigen Nacht das helle Klingeln einer Aalglocke gehört hat, weiß, wie dieses Geräusch einen Angler förmlich elektrisiert.

Blitzschnell hatte ich die Rute aus dem Halter gerissen und nach einem kurzen Moment des Wartens den Anhieb gesetzt. Der Widerstand, der sich mir bot, ließ mich auf Räucherfisch hoffen, denn das typische Klopfen der Schnur und der starke Zug an der Leine deuteten eindeutig auf einen guten Aal hin. Und ein solcher schmeckt geräuchert eben am besten.

Gerade in dem Augenblick, als ich den gut pfündigen Fisch aus dem Wasser heben wollte, verkündete meine Frau, dass ihr die Fruchtblase geplatzt sei und ihr das Fruchtwasser über Hose und Beine laufen würde. Wenn sich jemand auf perfektes Timing verstand, dann Carolin.

So jäh aus dem Anglerhimmel gerissen verlor der werdende junge Vater plötzlich die Nerven. Aus heutiger Sicht weiß ich, dass ich ausreichend Zeit gehabt hätte, den Aal abzuschlagen, meine Gerätschaften zu verstauen, meine Frau in Ruhe einzuladen und sie umgezogen und geduscht im Krankenhaus abzuliefern. Nur das Räuchern des Aals wäre etwas knapp geworden.

Stattdessen schnitt ich den Aal von der Schnur, warf ihn wieder ins

Wasser, kippte den Grill samt Kohle hinterher und lieferte meine Frau nass und in Angelklamotten im Krankenhaus ab. Die Hebamme, die uns dort in Empfang nahm, war die Ruhe selbst. Sie hatte Zeit genug, den jungen Vater vorwurfsvoll zu mustern und der jungen Mutter einen mitleidigen Blick zuzuwerfen, bevor sie Carolin ins Bett und mich aus dem Zimmer verfrachtete. Mir gab sie noch den Rat mit auf den Weg, mich am nächsten Tag gegen 10 Uhr wieder bei ihr einzufinden.

Am nächsten Tag – dem Tag vor Walpurgis – wurde, 14 Tage zu früh, der ersehnte Nachwuchsangler geboren, den wir praktischerweise Maximilian nannten, um ihn später Max rufen zu können.

Selbst für den Aal ging die Sache gut aus. Vermutlich schwimmt er noch heute im Kiessee.

Max dagegen hatte, sehr zum Ärger meiner Frau, nicht nur mein Äußeres geerbt, sondern auch alle meine Anglergene und eine Angelbesessenheit, die sich nur durch die zeitliche Nähe seiner Geburt zur Walpurgisnacht erklären lässt.

Schon als Dreijähriger durfte er mich zum Anfüttern ans Gewässer begleiten. Dort sprang er, voll bekleidet, als erstes den ins Wasser geworfenen Frolic hinterher, die als Karpfenfutter dienten. Um ihn zu bergen, musste ich bis zu Hüfte ins Wasser. Klatschnass kamen wir beide an diesem Tag nach Hause. Hatte ich schon erwähnt, dass es Anglerfrauen schwer haben?

Mit fünf Jahren machte er in Heiligenhafen an der Anlegestelle für Kutter auf sich aufmerksam, indem er mir, als ich ihm von der Reling des einlaufenden Schiffes zuwinkte, zugrölte „Papa, hast du Haie oder Dorsche?" Der ganze Hafen bog sich vor Lachen.

Als Max sechs Jahre alt war, verbrachten wir alle unseren Urlaub auf Rhodos. Unter anderem besuchten wir mit ihm auch den wundervollen Hafen der Stadt Rhodos. Dort lagen riesige Kreuzfahrtschiffe vor Anker, ebenso wie herrliche Jachten. Es gab antike Sehenswürdigkeiten und Touristenfähren zu umliegenden Inseln und Städten. Überall hatten fliegende Händler ihre Stände aufgebaut und Straßenkünstler sorgten für Unterhaltung. Für jeden wurde etwas geboten. Wirklich für jeden? Unser Kind verschwendete keinen einzigen Blick auf die prächtigen Schiffe, die Sehenswürdigkeiten interessierten ihn schon gar nicht und auch der übrige Trubel ließ ihn völlig kalt. Max starrte nur mit glasigen Augen ins Wasser. Zunächst konnten wir nicht feststellen, was seine Aufmerksamkeit erregte.

Erst bei genauerem Hinsehen konnten wir die kaum fingerlangen Fischchen entdecken, die er wie gebannt beobachtete. Der Rest der Welt um ihn herum war völlig vergessen. So ist es bis heute bei ihm geblieben. Wenn er angeln kann, ist ihm alles Andere gleichgültig. Dies änderte sich nicht einmal mit den ersten Mädchenbekanntschaften. Zwar war er bereits früh und durchaus heftig am anderen Geschlecht interessiert, doch seine Beziehungen hielten meist nicht sehr lange und endeten häufig nach einem bestimmten zeitlichen Rhythmus. So fiel meiner Frau auf, dass Beziehungen unseres Sohnes meist nach Weihnachten begannen und kurz nach Ostern endeten. Dies war für sie völlig unverständlich, für mich hingegen sonnenklar: „Schonzeit" klärte ich sie auf „Zeit für Mädchen".

Die Raubfischsaison endet bei uns am 31.12. und beginnt am 01.05. des neuen Jahres, dem Tag nach der Walpurgisnacht. An Max würde später mal eine Anglerfrau ihre wahre Freude haben.

Der weitere fischtechnische Werdegang unseres Sohnes war vorprogrammiert. Kaum war er in der Lage, eine Angel zu halten, begann er mein Gerät zu bedienen. Zum frühst möglichen Termin trat er in den Verein ein und durfte von nun an unter Aufsicht mit eigenem Gerät fischen. Zu diesem Zeitpunkt lernte er den Aller-Russen kennen, dessen Geschichten er andächtig lauschte. Sie wissen nicht, wer der Aller-Russe ist? Ein russischer Spätaussiedler, der jeden Tag angelnd am Gewässer verbringt, vornehmlich an der Aller. Welch ein glücklicher Mensch! Seine Geschichten sind allerdings teilweise derart haarsträubend, dass sie selbst hart gesotten Angellateinern die Schamröte ins Gesicht treiben. Diese Erzählungen weckten bei Junganglern verständlicherweise den Wunsch, ebenfalls kapitale Fische zu erbeuten und stachelten so die Leidenschaft noch an.

Ebenfalls zum frühsten Zeitpunkt legte Max seine Fischereiprüfung ab und durfte fortan allein mit seinen Freunden die Gewässer unsicher machen. Fast stets mit von der Partie war sein Freund Sepp, der weniger durch spektakuläre Fänge, als vielmehr durch abenteuerliche Aktionen auf sich aufmerksam machte. Sepp bekam selten einen vernünftigen Fisch an den Haken, war aber bereit, für einen solchen alles zu riskieren. So brach er allein in einem Winter dreimal ins Eis ein, als er auf der Suche nach den besten Fangplätzen war. Auch scheute er nicht davor zurück, selbst im Spätherbst noch ein kleines Bad im Vereinsgewässer zu nehmen, wenn ihm wieder mal ein Fisch samt Schnur abgerissen war und er versuchte, deren Ende noch schwimmend zu erreichen. Vor Nachahmung wird dringend gewarnt.

Überhaupt waren die Angelaktionen mit Freunden immer sehr verwegene Unternehmungen. Jugendzeltlager des Vereins waren der Höhepunkt des Jahres. Hier kam Max stets übernächtigt, nach Fisch stinkend wie ein Seehund und von Mücken bis zur Unkenntlichkeit zerstochen zurück. Die Schulferien verbrachten die Jungs fast vollständig am Wasser und ließen sich nur gelegentlich zur Nahrungsaufnahme zu Hause blicken und um den gefangenen Fisch gehörig bewundern und dann in der Kühltruhe verschwinden zu lassen. Nächtliches Winterangeln mit Glühwein wurde sehr schnell zur Tradition am Tag vor Heiligabend. Fast immer war Max erfolgreich, so dass er bald allein die Versorgung der Verwandtschaft mit Hechten und Karpfen übernahm. Rasch entwickelte er ein Gespür für den Fisch, das ihn schnell zum ernsthaften Konkurrenten werden ließ.

Bald waren seine Ratschläge auch von Interesse für mich, und ich verdanke ihm manch guten Tipp. Mit der Größe seiner Fänge wuchs allerdings ebenso die Größe seines Mundwerkes.

So sind freundschaftliche Streitereien zwischen uns, wem innerhalb der Familie die Anglerkrone gebührt, an der Tagesordnung. Meine Frau, die wir regelmäßig als Schiedsrichter anrufen, treiben wir mit diesen Disputen an den Rand des Wahnsinns. Solche verbalen Auseinandersetzungen werden zwischen uns sehr heftig geführt, und wir schrecken dabei weder vor Verleumdungen, noch vor falschen Anschuldigungen zurück. Anlass ist meist der Fang eines guten Fisches, der in etwa folgendes Gespräch nach sich zieht, wobei die Diskussionsbeiträge den Beteiligten beliebig zugeordnet werden können:

„Dieses Jahr führe ich wohl eindeutig die Hechtwertung an."
„Ich habe doch schon sieben und du erst sechs."
„Von deinen sieben waren aber mindestens zwei untermaßig."
„Dafür war dein Großer neulich doch schon halb tot, als du ihn an Land gezogen hast."
„Und du hattest doch beim letzten Mal nur Dummenglück."
„Ich hätte letztes Mal noch viel mehr gefangen, wenn du mit deinem Krakehl nicht alle Fische vergrault hättest."
„Bei der Vereinmeisterschaft liege ich aber vor dir."
„Das war doch nur Zufall."
„Pfuscher."
„Arschloch."
„Aber ich führe dieses Jahr die Zanderwertung ganz eindeutig an."

Von diesem Zeitpunkt an beginnt sich die Unterhaltung zu wiederholen. Es werden im Anschluss daran noch die aktuellen Stände in der Aal-, Karpfen-, Forellen- und Barschwertung erörtert. Beendet wird die Unterhaltung erst, wenn meine Frau uns als Idioten bezeichnet und wutschnaubend das Zimmer verlässt.

Ähnliche Vater-Sohn-Gespräche führen wir, wenn wir gemeinsam am Wasser sitzen und seit einer halben Stunde nichts gebissen hat.

Kürzlich hat Max angekündigt, mich in Zukunft in allen Fisch-wertungen schlagen zu wollen. Offenbar leidet unser Kind unter par-tiellem Realitätsverlust. Was glaubt er, wer er ist? Notfalls werden die Regeln für die Fischwertung neu festgelegt. Wer ist denn hier der Rechtsanwalt in der Familie?

Sprachlos und geschlagen war Max nur einmal, als ich ihm meinen Meterhecht präsentierte. Wahrscheinlich war ihm klar, dass er mit diesem Fang in absehbarer Zeit nicht würde gleichziehen können. Heute bezeichnet er den Fisch allerdings als „Mäkel".

Leidenschaftlich betriebene Hobbys haben allerdings auch ihre Vorteile, so bei der Suche nach Geburtstags- und Weihnachtsge-schenken. Von uns und der Verwandtschaft wünscht Max sich seit Jahren ausschließlich Angelgerät, meist Ruten und Rollen oder Zeitschriftenabos, bei denen es solche dazugibt. Seit dem Eintritt von Max in das Anglerleben sind die Umsätze der Geräteindustrie dra-matisch angestiegen, ohne dass deren Manager bisher die Ursache dafür ergründen konnten. Denn nebenher fließen auch noch Taschen-gelder und Zuwendungen der Großeltern ins Hobby. Das hat dazu geführt, dass er mit 18 Jahren mindestens 50 Ruten nebst der dazu-gehörigen Spulen sein Eigen nannte. Da ihm das zu knapp erschien, hat er auf der Wunschliste für Weihnachten zwei weitere Ruten für das Spinnfischen vermerkt. Sollte das noch nicht reichen - sein Geburtstag ist auch nicht mehr weit.

Alles in allem hat sich die Angelegenheit mit dem Angelnachwuchs ganz in meinem Sinne entwickelt.

Nur den Aal ist er mir noch schuldig.

Kapitel 4

Brassen satt

Brassen sind die Freude der Stippangler, lassen sie sich doch fast das ganze Jahr über ohne übergroßen Aufwand in erklecklicher Anzahl und Größe fangen und bieten so bereits Anfängern eine erfolgreiche Fischwaid. Die Anzahl ihrer Gräten wird nur noch durch die Anzahl der Schuppen übertroffen. Man nennt sie auch „Schleimer", da sie ebenso schleimig wie Aale sind. Und sie schmecken genauso grässlich wie Döbel.

Sie kennen keinen Döbel? Es handelt sich um einen Weißfisch, auch Dickkopf genannt, der stattliche Größen erreicht, aber kaum genießbar ist. Früher baten mich Freunde und Bekannte häufiger um einen fangfrischen Fisch, der nach Möglichkeit eine ganze Familie sättigen sollte. Solche Bitten sind besonders dann lästig, wenn kein entsprechendes Exemplar zur Hand ist und man anglerischen Misserfolg eingestehen müsste. Noch lästiger werden diese Bitten, wenn man einen Fisch vorzuweisen hat, der für die eigene Pfanne vorgesehen war, beispielsweise einen Zander. Hier musste Abhilfe geschaffen werden ohne die Bittenden dauerhaft zu vergraulen.

So entschied ich mich, den Wünschen nachzukommen und verschenkte auf Anfrage stets Döbel und zwar ungeschuppt. Nun hat ein einziger dieser Burschen genug Schuppen, um die ganze Küche nachhaltig zu versauen und den Abfluss für alle Ewigkeit zu verstopfen. Auch ist ein einziger dieser kalten Genossen ausreichend, um jede noch so große Familie abzufüttern. Unabhängig von der Größe des Dickkopfes wird immer mehr als die Hälfte des Fisches überbleiben und jeder wird beteuern, dass er hinreichend gesättigt sei. Selbst hart gesottene Fischesser verlangen nicht nach einem Nachschlag. Vermutlich hat es sich bei den fünf Fischen aus der Bergpredigt, die 5000 Menschen gesättigt haben, um Döbel gehandelt. Die Bitten nach Fischen haben bei mir jedenfalls stark nachgelassen.

Brassen und Döbel sollte man aus kulinarischen Gründen möglichst schonend in ihr Element zurücksetzen. Was aber tun, wenn ein stolzer Jungangler jedes Mal einen halben Eimer Brassen zu Hause anschleppt, in der Hoffnung, damit die Existenz der Familie für eine weitere Woche zu sichern?

Für meine Geflügelzucht hatte ich mir eine Kühltruhe angeschafft, in der man problemlos drei Ehefrauen übereinander stapeln kann. In den Tiefen dieser Truhe verschwand zunächst die Beute meines Sohnes. Dies ging so lange gut, bis sich meine Frau darüber beklagte, dass sich der Deckel der Truhe nicht mehr schließen ließ. „Sieh zu," sprach sie, „wie du hier für Abhilfe sorgst."

Nun war guter Rat teuer. Gefangene Fische sollen sinnvoll verwertet werden. Aber wie? Freunde und Verwandte waren nach den Erfahrungen mit den Döbeln sehr vorsichtig geworden.

Unsere vier Katzen fraßen gelegentlich gern einen gekochten Fisch. So konnte man sich der kleineren Exemplare entledigen. Auch ließ sich durch Räuchern der muffige Brassengeschmack ganz gut überdecken. Außerdem sahen die goldgelb geräucherten Fische, mit denen ich unvorsichtige Bekannte überraschte, so appetitlich aus, dass ich selbst den einen oder anderen von ihnen mit viel Bier hinunterspülte. Aber auch dieser Absatzmarkt war irgendwann gesättigt.

Die russischen Spätaussiedler, die gern und häufig angeln, nahmen regelmäßig ihre Brassen mit nach Hause. Also erkundigte ich mich beim Aller-Russen nach seinen Verwertungsmethoden. Ich erhielt ein geheimnisvolles Rezept, bei dem die Fische, in Tücher eingewickelt, mehrere Tage in einer Lake gewendet werden sollten. Die Sache erschien mir jedoch zu aufwendig und kompliziert.

Eine Fischsuppe nach einem Eigenrezept von mir erwies sich überraschend schmackhaft, reichte allerdings gleich für mehrere Tage. Irgendwann stieß ich auf ein Rezept für Fischbouletten, das vielversprechend aussah und geeignet erschien, auch größere Mengen Fisch problemlos zu verarbeiten. Die Herstellungszeit war mit 30 Minuten, der Schwierigkeitsgrad mit „leicht" angegeben.

Alles, was mir jetzt noch fehlte, war ein Fleischwolf zum Zerkleinern der Fische. Ich entschied mich für ein handbetriebenes Model und ließ meine Frau wissen, dass es am Wochenende selbst gemachte Fischbouletten geben würde und sie daher nicht einzukaufen bräuchte.

„Wie schön! Mich brauchst du aber mengenmäßig nicht einzuplanen. Ich bin auf Diät!" äußerte diese Schlange vorsichtig. Offenbar hatte sie die Suppe noch in bester Erinnerung.

Damit sich die Arbeit auch lohnt, taute ich am Wochenende ungefähr fünf Kilo Brassen auf. Da es draußen bereits sehr kalt war, besetzte ich die eheliche Küche, um die Fische dort zu filetieren. Böses ahnend hatte sich meine Frau bereits aus dem Staube gemacht. Tatsächlich war das Bild, das Tisch und Fußboden nach Abschluss der Filetierarbeiten boten, eine Mischung aus Dantes Inferno mit Hannibal Lecters Kochstudio. Überall klebten silbrig blitzende Schuppen, vermischt mit Gräten und Fischköpfen. In der Luft lag ein Geruch wie in einer Fischhalle am Freitag. Immerhin befanden sich aber etwa drei Kilo Fischfilet in meiner Schüssel und warteten auf den Fleischwolf. Ich war der Meinung, das Schlimmste würde nun hinter mir liegen, denn die 30 Minuten waren längst verstrichen. Weit gefehlt. Jetzt ging es erst richtig los.

Der Schacht des Fleischwolfes fasste nur etwa 100 Gramm, so dass das Zerkleinern der Fische zur reinsten Sisyphusarbeit wurde. Zudem setzten Schuppen und Gräten den Zerkleinerungsaufsatz laufend zu. Außerdem tropften größere Mengen von frisch ausgepressten, rosa Fischsaft auf die Tischplatte und liefen von dort in kleinen Rinnsalen auf den Boden. Trotzdem hatte ich nach kaum zwei Stunden einen ansehnlichen Batzen Fischgehacktes hergestellt. Die gleiche Zeit brauchte ich für eine Grobreinigung der Küche.

Tatsächlich benötigte ich für das Formen und Braten der Frikadellen nicht mehr als weitere 30 Minuten. Die Bouletten schmeckten übrigens fantastisch, besonders mit viel Ketchup. Sehr zu empfehlen, wenn Ihnen ein heimtückischer Angler großzügig einen Eimer voll „Schleimer" zukommen lässt.

Für Unerschrockene, die weder den Zorn ihrer Ehefrau noch deren Scheidungsanwalt fürchten, hier das Rezept:

1 kg Fischfilet
2 Zwiebeln
2 Knoblauchzehen
1 Ei
Pfeffer, Salz, Cayennepfeffer
Paniermehl und Öl

Fisch, Zwiebeln und Knoblauch zweimal durch den Wolf drehen. Die entstehende Masse mit dem Ei und dem Paniermehl vermengen, bis sich eine halbfeste Masse ergibt, die sich leicht formen lässt. Mit den Gewürzen kräftig abschmecken und zu Klopsen in Größe einer Aprikose formen. Diese dann flach drücken und in heißem Öl knusprig braun brutzeln. Schmeckt gut zum Bier.

Obwohl meine so gefertigten Frikadellen für viele Tage reichten, untersagte ich meinem Sohn nach diesem Wochenende den Fang weiterer Brassen. Ich hatte sie satt!

Kapitel 5

Verrückt nach Sandra

Der Erfolg eines Anglers hängt nicht von so banalen Sachen wie dem Wetter, dem Angelplatz oder der Beißlaune der Fische ab. Der Erfolg ist vielmehr ein psychologisches Problem. Es fängt nur der, der auch Vertrauen in sein Gerät und seine Methode hat!

Dass Rute, Rolle, Schnur und Haken in einwandfreiem Zustand sind, sollte eigentlich Vorraussetzung sein. Kontrolle verhindert den Schnurbruch. Schließlich will man nicht als Schneider nach Hause gehen, während ein kapitaler Fisch mit einem Lippenpiercing im Teich seine Runden dreht.

Schwieriger ist die Sache bei der Wahl des Köders, insbesondere bei Kunstködern. Denn während sich bei Naturködern die Wahl nach der zu fangenden Fischart richtet, stellt sich bei Kunstködern die Frage „Worauf beißen sie heute?"

Jeder Angler, der sich mit der Spinnangelei beschäftigt, hat ein unübersehbares Sammelsurium an Kunstködern, die er in mehr oder weniger geordneter Form in Kisten, Kästen oder Taschen aufbewahrt, wobei ein unbedachter Griff in eine dieser Kisten dem Angler in der Regel einen blutigen Daumen beschert. So prüft er gelegentlich die Schärfe seiner Haken.

Der Wert einer solchen Sammlung bewegt sich – je nach den wirtschaftlichen Verhältnissen des Anglers – zwischen dem Preis eines Sportwagens und dem Haushaltetat der Schweiz.

Ich selbst habe im Laufe der Jahre eine Sammlung von über 300 Spinnern, Blinkern und Gummifischen erworben. Es gibt hier Köder in Silber, Messing und Kupfer, je nach Alter in glänzend, matt oder rostig, klein, mittel und groß, leicht, schwer und extraschwer. Das Farbspektrum dieser Köder geht weit über alle Regenbogenfarben hinaus und reicht von weiß über neongrün und pink bis schwarz. Selbstverständlich gibt es diese Farben auch in allen möglichen und unmöglichen Kombinationen. Was würden Sie sich beispielsweise farblich unter einem „Firetiger" vorstellen? Eben.

Wen mag es da verwundern, dass der Angler, der ratlos vor dieser unüberschaubaren Auswahl steht, letztendlich auf Altbewährtes zurückgreift. Hier schlägt die Stunde der „Klassiker", die jedem bekannt sind und die jedes Anglerherz höher schlagen lassen. Um späteres Fachsimpeln zu erleichtern, haben die Hersteller diesen Klassikern praktischerweise Namen gegeben. Bezeichnungen wie „Heintz", „Effzett" und „Colonel" sind in Fachkreisen jedem ein Begriff. Leider sind diese bewährten Köder nicht nur den Fachleuten, sondern zwischenzeitlich auch den zu fangenden Fischen ein Begriff. Gewässer mit solcherart fortgebildeten Fischen bezeichnet man als überblinkert. Jeder Hecht im See wird mit dem Gedanken, „Colonel Kupfer Größe 3 taugte schon beim letzten Mal nichts," wieder in die Tiefe abdrehen.

Dem drohenden Misserfolg kann man dadurch entgegenwirken, dass man die Klassiker verändert. Ich habe beispielsweise auf den Drilling eines „Effzett" einen roten Twister gespießt. Seither läuft der Blinker deutlich besser und fängt fantastisch.

Oder man greift auf seine Favoriten zurück. Das sind die Köder, mit denen man „schon immer" gut gefangen hat. Meist handelt es sich hierbei um einen völlig zerbissenen Gummifisch, einen angerosteten Blinker oder einen verbogenen Spinner. Von den 300 Ködern in der Kiste greifen wir stets vertrauensvoll nach diesem Einen. Das Vertrauen, das wir in unseren Favoriten setzen, entscheidet maßgeblich über den Erfolg. Ein mangels Vertrauen lustlos ausgeworfener und ebenso lustlos eingeholter Blinker wird selten seinen Fisch fangen. Ist man hingegen von der Fängigkeit seines Köders überzeugt, ist man immer bereit, noch einen weiteren Wurf zu investieren und wird so letztendlich zum Erfolg kommen. Eine ebenso alte wie einleuchtende Anglerweisheit besagt, dass nur der Köder fängt, der im Wasser ist. Soweit die Theorie. Kommen wir zur Praxis.

Womit wir bei Sandra angelangt sind.

Bei Sandra handelt es sich, wie bereits der Name unschwer vermuten lässt, um einen Gummifisch, in Fachkreisen auch Shad genannt. Kein Gedanke etwa an ein junges Mädchen, wie manch einer vielleicht gehofft hatte. Schließlich lesen Sie gerade ein Angelbuch.

Außer durch den auf dem Fischkörper aufgedruckten Namen zeichnet sich Sandra durch einen sichelförmig nach oben gebogenen Schwanz aus, in dem sich mehrere Löcher befinden. Dies verleiht dem Fisch ein ungewöhnlich bewegliches Verhalten im Wasser, dem kaum ein Räuber widerstehen kann.

Seit einigen Jahren fristete ein solches Exemplar mit rotem Kopf und gelbem Körper zwischen meinen dreihundert Ködern ein beschauliches Dasein ohne jemals Wasserkontakt gehabt zu haben. Bis heute weiß ich nicht so recht, woher ich das gute Stück überhaupt hatte.

Vielleicht handelte es sich um ein Fundstück oder die Beilage einer Angelzeitung. Möglicherweise hatte auch mein Sohn diesen Köder bei seinem Freund Seppi eingetauscht und dann zu meinen Sachen gelegt. Gekauft hatte ich Sandra jedenfalls nicht, weil ich schon mindestens 50 weitere rot/gelbe Gummifische im Sortiment hatte. Seither harrte Sandra geduldig auf den Einsatz am Wasser.

Ich liebe die kalte Jahreszeit, wenn der Wind die letzten Blätter von den Bäumen fegt und sie wie kleine Schiffchen über das Wasser treibt. Wolkenfetzen jagen über den Himmel und ab und zu peitscht einem der Wind Regenschauer ins Gesicht. Am Wasser ist es ruhig geworden. Vorbei ist die Zeit für Sonntagsangler, Warmduscher und Fischerei-Eleven. Nur noch eine Handvoll wettererprobter Gestalten trotzt mit klammen Fingern dem hereinbrechenden Winter. Denn jetzt ist Raubfischzeit !!!

Der Oktober hatte mir bereits drei schöne Hechte beschert, als gegen Ende des Monats das Wetter umschlug und es für die Jahreszeit ungewöhnlich warm wurde. Seitdem ging gar nichts mehr. Seit sechs Wochen kehrte ich, von meiner Frau mitleidig belächelt, jedes Wochenende mit leeren Taschen nach Haus zurück. Auch Vereinskollegen, nach Fängen befragt, zuckten nur mit den Schultern. Allgemeine Ratlosigkeit machte sich breit.

Mitte Dezember änderten sich endlich die Witterungsbedingungen. Es wurde schlagartig kälter und ich startete am Wochenende den nächsten Versuch.

In Anglerkreisen waren inzwischen Vermutungen laut geworden, dass einfach kein Fisch mehr im Gewässer vorhanden sei. Gerüchte von rätselhaftem Fischsterben machten bereits die Runde. Einige beschimpften den Vorstand wegen unzureichender Besatzmaßnahmen. Andere vermuteten den zunehmenden Bestand an Kormoranen als Ursache.

Auf Grund der Erfolglosigkeit hatte ich schon vor Wochen jegliches Vertrauen zu meine bewährten Köder verloren. Das war der Zeitpunkt, an dem Sandras große Stunde schlagen sollte. Kaum montiert und zu Wasser gelassen, fiel mir Sandras ungewöhnliches Laufverhalten auf. Hoffnung keimte. Nicht zu Unrecht,

Kein Anglerlatein: In einer knappen Stunde hatte ich zwei Pfannenhechte im Rucksack und damit mein Tagessoll erfüllt. Richtig gierig waren die Räuber auf den Köder geknallt.

Da die anderen vermummten Gestalten am Teich auch an diesem Tag nur wieder mit den Schultern zuckten, lag die Vermutung nahe, dass ich den Fangerfolg ausschließlich Sandra zu verdanken hatte. Seitdem bin ich verrückt nach Sandra!

Das Ergebnis dieses Tages schrie förmlich nach einer Überprüfung. Die obligatorische Faxanfrage beim Deutschen Wetterdienst nach dem Beißindex für den Raum Braunschweig (das ist kein Scherz, den gibt es wirklich) ergab für Hechte am kommenden Wochenende einen Index von 10 (!), was unweigerlich Blutdruck und Puls eines jeden richtigen Anglers in astronomische Höhen schnellen lässt.

Um in der Adventszeit den Familienfrieden nicht unnötig zu gefährden, war ein taktisch kluges Vorgehen erforderlich, um sicherzustellen, dass ich das Wochenende mit Angeln statt mit dem Absingen von Weihnachtsliedern verbringen konnte.

Bereits am Mittwoch erkundigte ich mich scheinheilig bei meiner Liebsten nach dem aktuellen Stand der Weihnachtseinkäufe.

Am Donnerstag ließ ich beiläufig und mit Unschuldsmiene einfließen, dass in dem von meiner Frau gern und häufig besuchten Outletcenter vor Weihnachten sicher noch einige Schnäppchen zu holen seien. Schon spitzte mein treues Weib die Ohren und ihre Nasenflügel bebten leicht. Kein Zweifel, sie hatte bereits Witterung aufgenommen.

Am Freitag Vormittag erfreute ich sie mit der Nachricht, dass das Weihnachtsgeschäft überraschend gut verlaufen sei und ließ ihr bei dieser Gelegenheit gleich noch einen Weihnachtsbonus zukommen. Nun war geduldiges Warten angesagt.

Zum Abendessen gab es meine Lieblingspizza. Dazu eiskalten Lambrusco. Zwischen zwei Gläsern rückte sie mit der Sprache raus: ich hätte doch sicher nichts dagegen, wenn sie den Samstag zu einem kleinen Einkaufsbummel nutzen würde? Nach kurzem Nachdenken verneinte ich, wohlwollend an meinem Wein nippend. In kleinen Sachen bin ich halt großzügig. Ich könnte ja, so äußerte ich zur Erleichterung meiner Frau, trotz des schlechten Wetters zum Angeln fahren.

In jahrelanger Angelpraxis erprobtes, geduldiges Anfüttern und listenreiches Auslegen des Köders hatten sich ausgezahlt: Meine Frau hatte den Haken nicht bemerkt.

Der nächste Morgen begann mit einem gemeinsamen, sehr ausgiebigen Frühstück, da unser beider Mittagessen in freudiger Erwartung eines Kauf- bzw. Hechtrausches ausfallen würde. Dann verabschiedete ich meine Liebste mit den besten Erfolgswünschen für ihren Einkauf und dem Hinweis, sie brauche sich nicht zu hetzen. Schnell belud ich meinen Angelkarren, vergaß auch nicht, ein paar Flaschen Bier als Ersatz für das ausfallende Mittagessen einzupacken und radelte voller Hoffnung an unser Vereinsgewässer.

Die Teiche waren an diesem Tag menschenleer. Der schneidend kalte Wind, der peitschende Regen und die Beißunlust der Räuber in den letzten Wochen hatte die Kollegen offenbar zu dem Schluss kommen lassen, dass ein Adventssamstag im Kreis der Familie mit Keksen und Glühwein durchaus seine Reize haben kann. Nicht einmal der Aller-Russe war am Wasser. Ihn schreckte die Kälte nicht, wohl aber die von ihm beangelten Karpfen und Brassen, die, eingekuschelt im Schlamm, von besseren Zeiten träumten.

Unverdrossen stapfte ich durch Sturm und Regen, um in den Bereich einer kleinen, bewaldeten Insel zu gelangen, an deren Spitze ich schon häufiger raubende Fische beobachtet hatte. Mit klammen Fingern montierte ich die Rute, hängte Sandra ein und warf mit viel Erwartung und noch mehr Schwung zum ersten Mal aus. Leider hatte ich die Rechnung ohne den Wind gemacht. Eine heftige Böe wehte die Schnur in die überhängenden Bäume der Insel, während Sandra wie vorgesehen im Wasser landete. Ein vorsichtiges Einholen der Schnur beförderte den Gummifisch pendelnd bis in die Baumkrone. Ein sanftes Ziehen vermochte die Leine aber nicht aus den Zweigen zu lösen, also zog ich stärker. So stark, dass sich die Schnur mit einem Knall verabschiedete und mein heiß geliebter Köder mit einem leisen Plumps exakt an der Spitze der Insel in den Wellen verschwand. Anfüttern nennt man das wohl.

Damit war der Tag für mich gelaufen, denn die verbleibenden 299 Kunstköder hatten in den letzten Wochen so kläglich versagt, dass mir eine weitere Erprobung bei diesem Regen wenig erfolgversprechend schien. Guter Rat war nun teuer. Ich trank erst mal eine Buddel Bier. Auch danach sahen weder die Welt noch das Wetter besser aus. Meine Gedanken wanderten zu meiner holden Gattin, die in diesem Augenblick vermutlich mit geschärfter Kreditkarte und bestens gelaunt zu ihrem Weihnachtseinkauf antrat.

Dachte sie vielleicht voll Mitleid an ihren im Regen stehenden Ehemann, dessen Lieblingsköder sich gerade verabschiedet hatte? An ihn, der keinen Adventskaffee, keinen Glühwein und keine Kekse bekam, da sie shoppen war? An ihn, der sie so großzügig in das Weihnachtsgetümmel hatte ziehen lassen?

Einen Versuch war es allemal wert, denn der stets gut sortierte „Angelspezi" war im Outletcenter nur etwa 200 überdachte und geheizte Meter von ihrem Einkaufsziel entfernt und ein Handy hat die gut sortierte Hausfrau auch dabei.

„Hallo Putzi," fragte ich und schniefte ein bisschen ins Telefon, damit sie hörte, dass mir kalt war, „hast du viel Spaß bei deinen Einkäufen? Bei mir läuft es leider nicht so gut. Kalt, stürmisch und auch noch der Regen. Und jetzt ist mir auch noch mein Sandra abgerissen".

Ohne rechtes Verständnis für den Ernst der Lage brachte meine Frau zum Ausdruck, dass sie meinen Kummer teilen würde. Ob sie denn für heute Abend noch etwas mitbringen solle, fragte sie ebenso teilnahmsvoll wie arglos und dachte dabei vermutlich an eine Flasche Wein, eine DVD oder eine Pizza.

„Ja bitte," sprudelte es aus mir heraus. Auf diese Frage hatte ich nur gewartet. „Besorg mir doch beim Angelspezi ein paar Sandras." Das verdutzte Gesicht meiner Frau sah ich leider nicht. „Was soll denn das sein?" fragte sie mich misstrauisch. „So eine Art Spinner," antwortete ich ihr im Vertrauen darauf, dass das bestens geschulte Personal im „Angelspezi" ihr würde weiterhelfen können. „Also einer von deiner Sorte" gab meine Frau zurück, bevor sie auflegte.

Die Geschichte endete damit, dass ich am Abend ein kleines Sortiment Sandras in den vor Glück zitternden Händen hielt. Carolin war doch ein Schatz! Ich bedankte mich artig, indem ich voller Wohlwollen und von Komplimenten begleitet ihre neue Garderobe bewunderte. Auch konnte ich mir nicht verkneifen anzumerken, wie sehr sich ihr Einkaufstag gelohnt hatte.

Angetan von meiner offen gezeigten Freude zeigte sie sogar Verständnis dafür, dass ich die neuen Köder am nächsten Tag natürlich unbedingt ausprobieren musste. Tatsächlich fing ich an diesem Wochenende auch noch meinen Hecht, Sandra sei Dank.

Sollte also eine Anglerfrau ihren Liebsten nachts murmeln hören „Sandra, ich bin verrückt nach dir!" hat das voraussichtlich eine harmlose Ursache und es besteht keinerlei Anlass zur Sorge.

Kapitel 6

Schneider!

„Nomen est omen," sagten schon die alten Römer. Zu Recht. Eine Vielzahl gebräuchlicher Nachnamen leitet sich aus den früher in der Familie ausgeübten Berufen ab. So haben die Müllers früher Getreide gemahlen, die Schulzes waren Dorfschulzen, also so etwas wie Bürgermeister, und die Meiers arbeiteten in einer Meierei, einem landwirtschaftlichen Betrieb mit Milchverarbeitung. Welcher Tätigkeit die Fischers nachgingen, brauche ich Ihnen wohl nicht erläutern. Und die Schneiders?

In Anglerkreisen wird jemand als „Schneider" bezeichnet, der (wieder mal) nichts gefangen hat. Was hat ein erfolgloser Angler mit einem Meister der Nadel und des Fadens gemeinsam?

Schneider gelten gemeinhin als beherzt, wenn nicht gar als tapfer. Auch scheinen sie sich in der Vergangenheit beim Fangen von Tieren besonders hervorgetan zu haben, wobei ihnen – wenn auch in stattlicher Anzahl – eher Kleinwild zum Opfer gefallen ist. Hier sei beiläufig an die sieben Fliegen oder an die gefangene Maus erinnert. Weniger Erfolge konnten die Schneider offenbar an Gewässern verzeichnen. Allenfalls fielen sie hinein, so wie der Schneider von Ulm. Jedenfalls ist nirgendwo verzeichnet, dass ein Schneider jemals einen Fisch gefangen hätte. Musste aus einem erfolglosen Fischer ein Schneider werden, wenn er nicht verhungern wollte? Der Verdacht liegt nahe. Setzen doch beide Berufe die Fähigkeit voraus, eine dünne Schnur durch ein kleines Öhr zu fädeln. Stach der Fischer sich dabei den Haken durch den Stoff der Jacke, hatte er sich selbst gefangen und konnte auf Grund des Widerhakens am Angelhaken diesen auch nicht zurückziehen sondern nur vorwärts durch den Stoff schieben. War er so ungeschickt, dass ihm dies mehrfach hintereinander passierte, hatte er eine saubere Naht hingelegt. Welchen Beruf sollte er mit diesen Fertigkeiten wohl erwählen? Klingt logisch, oder?

Angler hassen es, Schneider zu sein.

Nervtötend ist dies bereits am Wasser, wenn unliebsame Passanten sich nach dem bisherigen Fang erkundigen. Diese gefürchtete Frage steht ihnen bereits auf die Stirn geschrieben, kaum dass sie in unserem Blickfeld erscheinen. Wo sind diese unmöglichen Leute eigentlich, wenn wir mal einen stattlichen Fisch vorzuweisen haben?

Immerhin sind sie, da es ihnen an Fachkunde und Geduld fehlt, relativ leicht wieder loszuwerden. Einige Sportfreunde versuchen dies mit dem Hinweis, dass sie gerade erst gekommen seien, andere geben dem Wetter die Schuld. Manch einer versucht auch, den Fragesteller mit unfreundlichen Grunzlauten zu vertreiben oder ignoriert ihn völlig. Dass Passanten angespuckt werden, ist allerdings eher selten.

Zwischenzeitlich gibt es eine neue, recht einfallsreiche Variante, die überwiegend bei Junganglern Anklang findet. Die Geräteindustrie hat für diese Klientel T-Shirts auf den Markt gebracht, die auf dem Rücken etwa wie folgt beschriftet sind:

„Nein, ich habe noch nichts gefangen."
„Ja, in diesem See gibt es Fische."
„Nein, sie beißen heute nicht."
„Ja, man kann die Fische auch essen."
„Nein, sie tun Badenden nichts."
„Ja, man braucht einen Angelschein."

Solche Fragespiele führen gelegentlich zu folgenschweren Missverständnissen.

Max, damals etwa acht Jahre alt, hatte mich, wie fast immer, an einem Herbstsonntag an das Vereinsgewässer begleitet. Mit von der Partie war unser kleiner Mischlingshund Benno, der auf Grund eines starken Unterbisses wesentlich gefährlicher aussah, als er eigentlich war. Seine unteren Reißzähne sprangen derart weit vor, dass er fast wie ein Vampir aussah. Auch war er recht kühn, insbesondere bei der Verteidigung von Max, den er besonders ins Herz geschlossen hatte und dessen Schutz ihm von Kindesbeinen an oblag. Das hatte schon so manchen Versicherungsschaden verursacht.

Max und Benno – selbstverständlich angeleint – stromerten also um den Teich, während ich mein Glück mit der Spinnrute versuchte. Schon nach kurzer Zeit ging mir ein Zander an den Haken, den ich in eine Plastiktüte verfrachtete und meinem Sohn in die Hand drückte. Er konnte einen solchen Fang stundenlang betrachten und so wusste ich ihn gut beschäftigt. Dies hatte offensichtlich ein Spaziergänger bemerkt, der sich neugierig näherte. In Max machte er das vermeintlich leichtere Opfer aus und erkundigte sich, einen Blick auf die Tüte werfend, nach unserer Beute.

Stolz wie Oskar berichtete Max von dem Zander und öffnete den Plastikbeutel. Mit einem scheelen Blick auf den grimmig dreinblickenden Benno erkundigte sich der Kerl noch vorsichtig „Beißt der?", worauf mein Sohn, in der unsinnigen Annahme, der Fisch sei gemeint, mit den Worten „Der ist doch schon tot" verneinte.

Solchermaßen beruhigt beugte der Mann sich vor, um einen Blick in die Tüte zu werfen. Damit begab er sich nicht nur in die Nähe von Max, sondern auch in die Reichweite von Benno, der keineswegs gewillt war, die Annäherung einer zwielichtigen Gestalt an seinen Freund zu dulden. Blitzschnell packte unser Hund die Jacke des Neugierigen in Brusthöhe und nur mein schnelles Eingreifen verhinderte Schlimmeres. Der so Gebeutelte war von dieser Attacke derart verdutzt, dass er ohne viel zu lamentieren schleunigst seiner Wege zog. Ich hoffe, dass ihm dies eine Lehre war.

Zurück zu den Schneidern.

Wie jeder andere Mensch auch haben wir natürlich gerne Erfolg, ja wir brauchen ihn grade zu. Kaum hinnehmbar ist bereits die Feststellung: „Du bist ein schlechter Autofahrer!" Schlimmer noch ist die Äußerung: „Du bist ein miserabler Liebhaber!" So was kann schon mal zu handgreiflichen Auseinandersetzungen führen. Das schlimmste Vergehen ist die Behauptung: „Du bist ein lausiger Angler!" Solche Beleidigungen können nur auf dem Wege der Blutrache getilgt werden. Die Anrede: „Du Schneider!" zieht in der Regel die sofortige Exekution nach sich.

Räumen wir Misserfolge schon gegenüber Unbeteiligten nur ungern ein, so fällt uns dieses gegenüber Angelkollegen noch weitaus schwerer.

Einerseits sind diese als Angler geduldig und daher nur schwer wieder loszuwerden. Da sie selbst keine Angel dabeihaben, gern aber den Nervenkitzel einer zuckenden Pose teilen würden, stehen sie oft stundenlang hinter uns, und schauen uns über die Schulter. Passivangler. Ihnen wird dabei nicht langweilig. Auch ich liebe diese Variante unseres Sportes, hat man doch die Spannung des Fischens, nicht jedoch die Schlepperei und den Aufbau des Gerätes. Man kann fachsimpeln und gute Ratschläge erteilen und sollte der Kollege trotz, oder gerade wegen dieser Tipps, nichts fangen, so ist er der Schneider. Wir gehen dann unserer Wege.

Andererseits ist es ungleich schwerer, einen Sportfreund über die Gründe der Erfolglosigkeit zu täuschen, als einen unbedarften Passanten. Ein Blick auf die Anzahl der leeren Bierflaschen oder der ausgetretenen Zigarettenkippen, ein Abschätzen der Füllhöhe des Futtereimers und der Würmerdose, ein Prüfen des Berges der nach und nach wegen der zunehmenden Wärme abgelegten Kleidungsstücke offenbaren dem geübten Auge, dass wir nicht erst seit 10 Minuten, sondern seit mindestens zwei Stunden am Platz sind.

Selten abgekauft wird einem die schon dreiste Behauptung, dass es einem nicht darauf ankommt, einen Fisch zu fangen, sondern man sich nur wegen der frischen Luft und des schönen Wetters an den See gesetzt hat. Solch heuchlerische Versuche durchschaut der wahre Angler natürlich sofort und wünscht dem Kollegen gedanklich statt eines „Petri Heil" einen schönen Sonnenbrand.

Noch riskanter ist die faule Ausrede, dass das Wetter schuld an den ausbleibenden Fängen ist. Mir selbst bereitet es stets ein diebisches Vergnügen, auf die Behauptung hin „Es beißt heute gar nichts," meine prall gefüllte Fangtasche vorzuzeigen und zu entgegnen „Das kann ich nicht behaupten." Armer Schneider!

Auch ein Hinweis auf vorsichtig beißende Fische zieht nur selten. Hier pflege ich gern zu erwidern, dass es, wenn es zu einfach sei, es ja jeder könne – und was bliebe dann für mich? – Eine Auffassung, mit der sich ein Schneider selbst dann selten anfreunden kann, wenn er deren Wahrheitsgehalt erkannt hat.

Natürlich gönne ich jedem Kollegen seinen waidgerechten Fisch, gar keine Frage. Aber ein bisschen Spaß und etwas Spott werden doch wohl erlaubt sein, oder?

Um der Schadenfreude und der Häme ihrer erfolgreichen Kollegen zu entgehen, hat sich ein Großteil der Schneider auf eine Taktik verlegt, die kleinliche Leute als „Lügen", weniger Kleinliche als „Schwindel" bezeichnen würde. Da diese Methode in Angler- und Jägerkreisen eine ebenso große Tradition wie Anhängerschaft hat – nicht umsonst gibt es Stammtische „für Jäger, Angler und andere Lügner" – spricht man in Fachkreisen lieber vornehm von Angler- oder Jägerlatein.

Besonders beliebt ist dabei die Behauptung, man habe schon einen maßigen Hecht gefangen, diesen aber wieder schwimmen lassen, weil man a) keinen Platz mehr in der Truhe habe, b) lieber Zander als

Hecht isst, c) den Fisch als zu mager angesehen habe oder d) keine Lust habe, abends noch Fische auszunehmen. Obwohl diese Art fauler Ausreden allgemein bekannt ist, sind sie nur schwer zu widerlegen, so dass man es besser gar nicht versucht. Stattdessen blickt man in die Augen seines Gegenübers und sucht dort nach der Wahrheit. Ich kenne viele Kollegen, die regelmäßig ihren Fisch fangen und diesen auch vorweisen können. Die haben keine Schwindeleien nötig und denen kaufe ich auch die vorgenannten Geschichten vorbehaltlos ab. Bei der anderen Kategorie, die selten oder nie einen Fang vorweisen kann, bin ich skeptischer und stelle dem Schneider gedanklich noch ein „Auf-" voran.

Einer ebenso großen Anhängerschaft erfreut sich die Geschichte vom „ganz Großen", der sich erst kurz vor dem Kescher noch im letzten Moment befreien konnte. So viele kapitale Fische, die sich auf diese Weise gerettet haben, gibt es auf der ganzen Welt nicht.

Besonders perfide fand ich allerdings eine Variante, die sich der Pächter eines Forellenteiches für seine Internetseite hat einfallen lassen. Auf den Internetseiten sind fast ausschließlich kapitale Fänge zu sehen, die in jedem den Wunsch wecken, dort im See einmal einen ähnlich großen Fisch zu fangen. Auf die Schliche gekommen bin ich der Sache, als ich im Internet den stolzen Fänger einer Forelle von geschätzt 10 Pfund gesehen habe. Allerdings war ich tags zuvor zugegen, als die Aufnahme gemacht wurde. Der Fisch hatte nicht mal ein Kilo. Die Technik und ein Weitwinkelobjektiv machten es möglich. Ich selbst besitze ein Bild vom gleichen See mit einer Forelle, die jeder auf mindestens 30 Pfund schätzen würde, obwohl sie lediglich ein Drittel davon auf die Waage brachte. Was mich allerdings nicht daran gehindert hat, das Bild stolz in meiner Kanzlei aufzuhängen.

Am schwersten ist es für einen Schneider allerdings, vor seiner Ehefrau zu bestehen. Kauft sie es einem noch anstandslos ab, wenn man einmal nach stundenlangem Angeln ohne Fang nach Hause kommt, steigt ihr Argwohn mit jedem weiteren erfolglosen Tag. Auch Carolin pflegt mich in solchen Fällen mit Argusaugen zu mustern und die unausgesprochene Frage, wo ich mich wohl rumgedrückt haben mochte, steht im Raum. Dem bin ich schließlich dadurch begegnet, dass ich jedes Mal einen Alibifisch über die Klinge springen lasse, den ich dann zu Hause vorweisen kann, um ihn anschließend der Katze zu geben. Am häuslichen Frieden ist mir schließlich ebenso sehr gelegen, wie am Wohlwollen meiner Frau.

Ich gehe davon aus, dass nach diesen Ausführungen auch der letzte Leser begriffen hat, wie wenig erstrebenswert es ist, ein Schneider zu sein.

Weiß der Teufel, warum ausgerechnet der 1. Vorsitzende unseres Vereines Schneider heißt?

Kapitel 7

Der Turmbau zu Babel

Bekanntermaßen scheiterte der Turmbau zu Babel an einer plötzlich auftretenden Kommunikationsschwierigkeit der Bauherren untereinander, so dass sich diese miteinander nicht mehr verständigen konnten. Voraussichtlich kamen verwirrende Wortgebilde und Anglizismen von den Amerikanern zu den alten Babyloniern. Ähnliches geschieht heutzutage in Deutschland. Der Prozess ist bereits so weit fortgeschritten, dass es unsere Politiker für erforderlich halten, im Grundgesetz zu verankern, dass in Deutschland gelegentlich die deutsche Sprache gesprochen werden sollte. Offenbar steht hier der Einsturz des Turmes unmittelbar bevor.

Trotz meiner konservativen Grundhaltung möchte ich dabei keinesfalls als ein Verfechter der Reinheit der deutschen Sprache gelten. Aber was zu viel ist, ist zu viel. Die Kreationen des modernen „Denglisch" vermischt mit dem Vokabular der Jugend lässt so manchem Rentner die Zornesröte ins Gesicht steigen. Zu Recht.

Dabei finde ich einige Begriffe wie die „Gammelfleischparty" für Feiern ab 30 noch recht witzig, obwohl ich hier selbst betroffen bin. Auch unter dem als „unterhopft" bezeichneten Zustand, wenn man zu lange kein Bier mehr getrunken hat, kann ich mir zur Not noch etwas vorstellen. Hierunter scheine auch ich gelegentlich zu leiden. Andere Wortgebilde sind dagegen ebenso überflüssig wie unverständlich, etwa ein Shoppingcenter statt eines Einkaufszentrums, ein Service Point statt einem Informationsschalter, einem Danceflor statt einer Tanzfläche oder ein Anchorman statt einem Nachrichtensprecher. Die Zahl der Beispiele ist endlos und besonders im Wirtschaftsleben sehr kurios. Den Chief Executive Officer (Chef) lasse ich mir ja notfalls noch gefallen. Aber Enviroment Improvement Technician (Putzfrau) oder Master of Welcome (Pförtner) gehen dann doch zu weit. Die Betroffenen werden ihren eigenen Beruf weder schreiben noch in einer Stellenanzeige erkennen können.

Allerdings plädiere ich für die Einführung des Begriffes Master of Disaster (Außenminister), da hier ein eindeutiger Zusammenhang unschwer zu erkennen ist.

Neuerdings hat diese Entwicklung auch die Angelei erreicht. Eine Kenntnis von Grundbegriffen ist bei der Verständigung untereinander sicher unumgänglich, daher habe ich im Anhang ein kurzes Schlagwortverzeichnis beigefügt. Darüber hinaus haben Fachidioten, also selbsternannte Spezialisten, die sich von normalen Idioten dadurch unterscheiden, dass sich ihre geistige Störung nicht auf alle, sondern nur auf einzelne Partien des Gehirns erstreckt, den Wortschatz der angelnden Bevölkerung mit Begriffen bereichert, die selbst bei Insidern nur ungläubiges Kopfschütteln auslösen. Insbesondere Karpfenangler greifen zu den unglaublichsten Anglizismen, mit deren Hilfe sie die Tatsache, dass sie mal wieder nichts gefangen haben, etwa wie folgt zu verschleiern suchen:

„Vermutlich haben die Karpfen meinen gedippten Pop-up Boilie nur deshalb nicht genommen, weil das Helicopterrig sich mit dem Ledgerbeat verfangen hat und so das Antitaggel-Blei nicht frei durchlief. Als ich dann nach Stunden den ersten Run hatte, kam ich nicht schnell genug aus meinem Carpchair, auf dem ich in meinem Carp Overnight Dome saß, so dass ich die Rute erst zu spät aus dem Rod-Pod nahm."

Alles klar? Der Depp hat nichts gefangen, weil sich sein Köder vertüddelt hat und er vor Langeweile auf der Liege in seinem Zelt eingeschlafen ist und so den einzigen Biss verpasst hat. Shit happens.

48

Karpfenangler schleppen sich übrigens nicht nur mit einem Sack voller unnützer Wortgebilde, sondern auch mit LKW-Ladungen voller Gerät ab, das sie als fishing-tackle bezeichnen. Das ganze Gerümpel transportieren sie mittels extra hierfür entwickelter Transportgeräte, die überdimensionierten Schubkarren gleichen, ans Wasser. Da das Ein- und Ausladen sowie das Aufbauen von Zelten, Liegen und anderen dringend benötigten Utensilien mit einem erheblichen Zeitaufwand verbunden ist, dauert so ein Karpfenansitz selten weniger als zwei Tage. Da das Einrichten der Angelstelle mit körperlicher Schwerstarbeit verbunden ist, macht sich schnell der kleine Hunger breit. Daher dürfen Gaskocher, Konserven, Nudeln und Besteck nicht fehlen. Zum Nachtisch werden Schokoriegel eingepackt. Ins Gepäck gehört ferner ein Wasseraufbereiter, der das Flusswasser trinkbar macht. Schließlich will man ja nicht verdursten. Eine Lotion gegen Sonnenbrand, eine weitere gegen Mücken sowie Verbandszeug und Pflaster für größere und kleinere Verletzungen vervollständigen die Ausrüstung. So versorgt braucht es uns um das Wohl des Karpfenfreundes nicht bange zu werden. Kopfschmerzen bereiten könnte ihm aber der Gedanke an seine Ehefrau und deren Treiben, wenn sie jedes Wochenende auf diese Art und Weise alleingelassen wird. Aber dagegen hat der Karpfenfreund ein Aspirin im Gepäck.

Die Verwendung völlig sinnfreier Begriffe, die unter Karpfenspezis Tradition hat, ist zwischenzeitlich auch bei den Spinnfischern angelangt. Hat der unbedarfte Angelfreund früher einfach einen Gummifisch an den Haken gehängt und diesen mehr oder weniger elegant über den Gewässergrund gezockelt, so muss er sich heute zwischen Shads, Jigs, Twistern, Octo Tails, Schaufelschwanz, Slugs, Frogs und no-action-shads entscheiden. Diese kann er horizontal, vertikal, mittels drop-shot-Montagen, Carolina- oder Texas-rigs anbieten. Den Unterschied dieser Methoden, den Sie nicht wirklich wissen möchten, könnten Ihnen allenfalls so genannte Hechtpäpste oder ähnliche Raubfischprofis erklären. Selbstverständlich gibt es für jede Methode eine eigens hierfür entwickelte Rute nebst dazu passender Rolle. Anderes Gerät, so erklären zumindest die von der

Industrie ausgestatteten Hechtpäpste, ist völlig ungeeignet. Wenn Sie mich fragen, was diese „Profis" mit ihrem teuren Gerät tun: Sie zokkeln Gummifische über den Gewässergrund.

Erst neulich hat mich ein solcher Dummschwätzer mit seinen Ausführungen beglückt, als ich ihn unvorsichtigerweise nach seinen Fängen befragte. Fische hatte er zwar nicht vorzuweisen, dafür aber endlose Ausführungen zu Ködern und Gerät. Da seine Kenntnisse offenbar eher theoretischer Natur waren, verabschiedete ich mich mit besten Wünschen für künftige Fänge und suchte mir 50 Meter weiter einen Angelplatz.

Das konnte er dann aber doch nicht auf sich sitzen lassen und 10 Minuten später erschien er bei mir, um mir auf seinem Fotohandy seine jüngsten Fänge vorzuführen. Das hat dazu geführt, dass meine Abneigung gegenüber unsinnigen Begriffen noch verstärkt wurde. Und überhaupt: man weiß, wie der Turmbau zu Babel endete.

Kapitel 8

Camouflage – Bestens getarnt

Die Mode ändert sich mit der Zeit. Während es früher durchaus üblich war, wie zum Sonntagsspaziergang gekleidet zum Angeln zu gehen und gefangene Fische in Anzug und Krawatte zu präsentieren, sahen die Sportsfreunde der 60er Jahre mit Hut, Weste und Knickerbockern eher wie Wandervögel aus. Später setzten sich auch am Wasser Jeans und Parker durch. Heute trägt man überwiegend funktionelle Tarnkleidung. Wenn jetzt bei einem Gemeinschaftsangeln der halbe Verein mit geschulterten Rutentaschen, Rucksäcken und Tarnkleidung ans Gewässer stürmt, um die besten Plätze zu ergattern, wirkt dies auf einen unbedarften Beobachter etwa so, wie der Einmarsch der Amerikaner in den Irak. Ängstlichen Gemütern können dabei schon mal die Knie zittern.

Der militärische Eindruck der äußeren Erscheinung täuscht denn auch nicht völlig. Vielfach wird aus Kostengründen auf ausgediente Bundeswehrkleidung, die schon für wenige Euro zu haben ist, zurückgegriffen. Allerdings ist das, was unseren jungen Soldaten gepasst hat, häufig zu klein für gestandene Männer. Ich habe manchmal den Eindruck, dass bei unserer Bundeswehr nur Zwerge und Hänflinge eingesetzt werden, vermutlich weil sie nicht so leicht zu treffen sind. Größer fallen gebrauchte Uniformen aus amerikanischen Militär- und Rangerbeständen aus, da deren Angehörige gut mit Cheeseburgern durchgefüttert werden. Auch wirken diese Kleidungsstücke durchweg eleganter, weniger wie für Killer, mehr wie für Dressmen.

Mir selbst gefällt diese Bekleidung sehr, insbesondere die Farbe

„Woodland" mit großem grün-braun-schwarzem Muster hat es mir angetan. Meinem Fahrradanhänger, den ich häufig statt des Autos für meine Angeltouren nutze, habe ich in einen ähnlichen Anstrich verpasst, so dass man mich am Wasser kaum noch entdecken kann. Ich bin getarnt!

Allerdings hat so eine Tarnung auch ihre Tücken. So kamen mir im letzten Winter mehrere Freundinnen von Carolin entgegen, als ich mit „Vollausrüstung", also Fahrrad, Anhänger, Tarnkleidung nebst Mütze und allem Angelgerümpel den Feldweg zum Vereinsgewässer entlang radelte. Die vier Mädels waren mit Skistöcken bewaffnet, obwohl kein bisschen Schnee lag und walkten emsig nordisch durch die Landschaft. Ihr aufgeregtes Geschnatter übertönte sogar das rhythmische Geklapper ihrer „Gehhilfen". Vermutlich zogen sie gerade über eine Freundin her. Meinen freundlichen Gruß erwiderten sie nur mit einem skeptischen Seitenblick. Später erfuhr ich, dass sie mich für einen Landstreicher gehalten hatten. Unseren Bürgermeister, mit dem ich gut bekannt bin, haute es noch am gleichen Tag fast vom Fahrrad, als er mir entgegen kam und er erkannte, wer sich unter der Tarnung befand.

Doch nicht nur der Angler selbst ist getarnt, sondern auch seine Gerätschaften. So sind Zelte, Stühle und Liegen immer in dunkelgrün gehalten. Extrem-Angler Max hat sogar Bettwäsche mit Tarnmuster. Auch die technischen Gerätschaften wurden teilweise in „Camouflage" oder „Woodland" angeboten, konnten sich aber bei Ruten und Rollen nicht durchsetzen. Hier hat sich – ähnlich wie bei Autos – der männliche Geschmack in schwarz/silber für technisches Spielzeug gegenüber dem Bedürfnis der Tarnung durchgesetzt. Einen olivgrünen Porsche oder ein braun geflecktes Handy würde ja auch niemand kaufen.

Max dagegen hat sich eine eigene Art der Tarnung zugelegt. Auch er ist üblicherweise in „Woodland" gekleidet. Allerdings neigt er dazu, sich beim Angeln niemals die Hände zu waschen, sondern Fischschleim, Futtermittel, Essensreste und ähnliches der Einfachheit halber an Hose und Jacke abzuwischen. Dadurch stinkt er nicht nur wie Seehundscheiße, sondern lockert auch noch dass Muster seiner Bekleidung auf, so dass ihn kein vernünftiger Fisch für einen Angler halten kann.

An dieser Stelle drängt sich dem unbefangenen Betrachter förmlich die Frage auf, was die Fische eigentlich von dererlei Verkleidung halten.

Es gibt einen alten Anglerwitz, nach dem ein Angler seinen Hut verkehrt herum aufsetzen soll, damit die Fische glauben, dass er grade nicht hinschaut. Sie nehmen dann den Köder, weil sie sich unbeobachtet fühlen. Schenken sie solchen Geschichten keinen Glauben. Die Fische beißen trotzdem nicht.

Welchen Einfluss hat also die Kleidung auf den Fangerfolg? Ohne Zweifel können viele Fischarten gut sehen und auch Farben unterscheiden, wie man an bestimmten Vorlieben bei Köderfarben erkennen kann. Dort übt die Farbe Rot offenbar einen zusätzlichen Reiz aus, so dass sie für diesen Zweck durchaus empfehlenswert ist. Bei flachen, klaren Gewässern würde ich einen roten Mantel nebst gleichfarbiger Mütze dagegen meiden. Einerseits mag diese Reizfarbe die Fische eher verschrecken, andererseits sieht man zu sehr nach Weihnachtsmann aus. Bei tiefem, trüben Wasser dürfte die Farbwahl ohnehin nachrangig sein, da die Fische uns hier ohnehin nicht sehen können. An flacheren Gewässern mit guter Sichtigkeit mag die Farbe des Hintergrundes von Bedeutung sein, wobei es unter schattigen Bäumen und Büschen gleichgültig sein dürfte, ob wir die Farbe Blau, Grau, Braun oder Grün wählen. Hauptsache dunkel, damit man sich nicht vom Hintergrund abhebt. Dagegen dürfte helle Kleidung, vor der häufig gewarnt wird, vor einem hellen Kiesstrand kaum auffallen. „Woodland" würde dagegen sofort ins Auge fallen.

Das uniformmäßige Tarnmuster „Camouflage" scheint daher eher eine modische Variante zu sein. Mann sieht sich eben gern als Kämpfer. Das verleiht uns einen Hauch von Freiheit und Abenteuer. Kommen wir dann mit windzerzausten Haaren und frostgeröteten Gesichtern und freudestrahlenden Augen nach Hause und präsentieren unserer Liebsten unseren Fang, sehen wir nicht nur aus, wie die Rambo-Version für Hausfrauen, sondern strahlen auch vor innerem Glück.

Gefragt warum, verweise ich auf ein abgewandeltes Zitat eben jenes Rambo (Teil 2):

„Ich will, dass meine Frau mich liebt!
Auch Carolin liebt mich in Camouflage!"

Wir Angler sind in dieser Beziehung beileibe nicht alleine.

Dieser Wunsch nach Abenteuer und Verkleidung zeigt sich auch noch auf eine andere, absonderliche Weise, die offenbar immer mehr um sich greift. So ziehen an Wochenenden scharenweise brave Familienväter mit Kettensägen und Äxten bewaffnet in die Wälder, um „Holz zu machen." Versehen mit Holzfällerhemden, Holzfäller-Schnelllehrgang, Schutzhelm und Pflaster schultern sie ihre Kettensägen, um die Forsten unsicher zu machen. Dort rackern sie sich den ganzen Tag mit Gleichgesinnten ab, um ihre teuer ersteigerten Bäume zu fällen und in handliche Stücke zu zerlegen, die sie später auch wieder in Gesellschaft ihrer Freunde zu Hause ofengerecht mittels einer Axt spalten. Bier und eine zünftige Brotzeit dürfen dabei nicht fehlen. Obwohl das Ganze wirtschaftlich nicht den geringsten Sinn macht, weil die Holzfäller die Bäume zu einem höheren Preis ersteigert haben, als ich ihn für fertiges Brennholz zu zahlen bereit bin, und obwohl eine gute Kettensäge mit Zubehör Summen verschlingt, für die man sich zehn Jahre mit Brennmaterial eindecken könnte, sind diese Menschen am Ende des Tages aufs Höchste zufrieden. Selbst Schnittwunden nehmen sie bereitwillig in Kauf. Diese können sie stolz ihren Frauen präsentieren in dem

Bewusstsein, etwas für die Versorgung der Familie geleistet zu haben. Dieses Relikt aus archaischer Zeit wird nicht einmal durch den dreitägigen Muskelkater, der zwangsläufig folgt, getrübt.

Ist dieses Verhalten nicht erstaunlich? Es tritt sogar bei Menschen auf, die Zeit ihres Lebens nie hinter dem Ofen, geschweige denn hinter ihrem Schreibtisch hervorgekrochen sind. Erscheint es deshalb so menschlich? Auch ich nehme hin und wieder gern mal die Säge zur Hand.

Kapitel 9

Glück und Pech

Mal hat man Glück, mal hat man Pech, Mahatma Gandhi. Nicht neu, nicht von mir, trotzdem immer wieder gut. Vielleicht gerade deshalb. Nirgends liegen Glück und Pech so nah beieinander wie beim Angeln, zumindest scheint es so. Meist sind es die Großen, die uns wieder mal im letzten Moment entwischen, meist sind es die Kleinen, die wir zu Hause vorzeigen müssen. Immer Glück oder Pech? Häufig sind es kleine Ursachen, die später eine große Wirkung entfalten. Oft sind diese kleinen Ursachen allerdings selbstverschuldet, nur räumt dies ungern jemand ein. Aber, aber, aber…, das letzte Quäntchen Glück gehört halt doch immer dazu. Ohne Fortunas Lächeln wird's nichts mit dem Fang des Lebens. Bekannt ist aber auch, dass das Glück eine Hure ist. Entsprechend gibt es unzählige Geschichten über Anglerglück und Anglerpech.

Meterhechte sind rar, entsprechend selten sind die Begegnungen mit ihnen. Außer den selbsternannten Hechtpäpsten, die offenbar gar nichts anderes fangen, erwischt sie kaum jemand regelmäßig. Viele Angler haben nie in ihrem Leben Kontakt mit einem Fisch dieser Größenordnung. Vielen, die behaupten, einen solchen Fisch verloren zu haben, kann man nicht unbedingt trauen. Oft erweist sich der abgerissene Riese bei näherem Hinsehen als halbstarker Zwerg, der nur deshalb wieder seine Runden im Teich dreht, weil so ein Universal-Dilettant mit schadhaftem oder billigem Gerät gefischt hat. In stark befischten Vereinsteichen tragen selbst kleinere Hechte Andenken an ihre erste Begegnung mit Anglern im Rachen. Selbst bei mittleren Fischen bin ich beim Ausnehmen stets vorsichtig, damit ich mir nicht einen Haken in die Finger ziehe. Ein Kumpel fing sogar einen Hecht, der 5 Haken mit sich trug, allerdings auch die Metermarke knapp überschritt. Der Standplatz dieses Fisches war bekannt, ebenso die Eigentümer der Haken. Einer gehörte Max.

Er war zusammen mit seinem Freund Sepp an einem kühlen Oktobertag am Vereinsteich unterwegs auf Hecht. Die Methode war einfach und erfolgreich, brachte aber in der Regel nur kleinere Fische: Die Jungs zupften mit langen Ruten ein totes Fischchen an der Schilfkante entlang. Im Schilf stehende Räuber griffen in der Regel schnell zu.

So auch an diesem Tag. Den folgenden Anschlag quittierte der Fisch sofort mit einer rasanten Flucht. Die Rute bog sich zum Halbkreis und Max wäre fast im Wasser gelandet. Bevor er die Bremse lösen konnte, um so dem Hecht mehr Schnur zu geben, riss die Leine. Man angelt auf kurze Distanz auch nicht mit geschlossener Bremse. Wird er sich für die Zukunft merken müssen.

Aber noch gaben die Jungs nicht auf, zumal der Hecht noch den Schwimmer und einige Meter Schnur kreuz und quer über den Teich zog. Zunächst versuchten sie mit Spinnruten ihr Glück, in der Hoffnung, dass sich der Haken des Spinners im Schnurrest verfängt. Leider vergeblich, da der Fisch immer wieder flüchtete. Zum Letzten entschlossen entkleideten sich Max und Sepp und begaben sich ins herbstkalte Wasser, um die Leine schwimmend zu erreichen. Der Hecht durchschaute auch dieses Manöver und entzog sich durch Flucht. Schließlich gaben sie den Fisch verloren, da die Dämmerung weitere Aktionen unmöglich machte. Ich versuchte am nächsten Tag noch, einen Abstauber zu landen und Leine und Fisch mittels einer Spinnrute zu erwischen. Der alte Räuber hatte sich aber zwischenzeitlich von Schnur und Schwimmer befreit.

Auch mir ist vor Jahren ein richtig „Dicker" durch die Lappen gegangen. Er schnappte sich einen Köder, der eigentlich nicht für ihn, sondern für einen Barsch, den ich als Köderfisch verwenden wollte, gedacht war. Den 4 cm langen Gummifisch hatte ich mit einer leichten Spinnrute, einer winzigen Rolle und einer nur 3 kg tragenden Schnur ohne Stahlvorfach angeboten. Dem Biss folgte eine für den Hecht typische rasante Flucht und ein etwa 30-minütiger Drill, bei dem ich meinen Gegner nie zu Gesicht bekam. Nach einer halben Stunde wurden die Fluchten meines Gegenübers allerdings kürzer, und ich sah mich bereits als Sieger in diesem ungleichen Kampf. Die dünne Schnur hatte gehalten und kein Unterwasserhindernis hatte dem Fisch geholfen, sich zu befreien. Meter um Meter holte ich den sich kaum noch wehrenden Hecht näher ans Ufer. Immer noch war die Bremse offen, um eine erneute Flucht parieren zu können. Jeden Moment müsste ich den Fisch sehen können. Stattdessen kam meine Schnur plötzlich schlaff zurück und mir fiel vor Schreck die Kinnlade auf die Brust. Was war passiert? Die Schnur konnte nicht gerissen sein. Dafür war der Druck auf dem Gerät zu gering und die Bremse zu weit offen gewesen. Ein Blick auf das Schnurende verschaffte mir Gewissheit. Der Hecht hatte den kleinen Köder offenbar komplett übergeschluckt und die Schnur hatte sich nach und nach an den scharfen Zähnen des Fisches durchgescheuert. Ein Stahlvorfach hätte das verhindert. Es werden halt nicht aus allen Blüten Früchte.

Zwei Wochen später bekam ich meinen Gegner dann doch noch zu Gesicht. Er stand im flachen Wasser unter einem Busch und sonnte sich. Offenbar hatte er das Abenteuer gut überstanden. Allerdings ließ er sich nicht erneut zum Anbiss verleiten, auch nicht in den nächsten Wochen. Nach Abzug der Zuschläge für das Anglerlatein schätze ich ihn auf 120 Zentimeter und etwa 25 Pfund. Seit dieser Begegnung angele ich auch auf Barsche nur noch mit Stahlvorfach.

Mehr Glück hatte mein Freund Rudi am gleichen Gewässer. Rudi nannte eine alte Vollglasrute sein Eigen, die aus der Zeit stammte, als die Bambusstöcke langsam außer Mode kamen und aus den Regalen der Angelläden verschwanden. Bestückt war die Gute mit einer altersschwachen Rolle, wie man sie vergleichbar nur noch im Deutschen Museum besichtigen kann. Bespult war dieses Schmuckstück mit etwa 40 Metern „Wäscheleine", die weder weite Würfe erlaubte, noch einen Fisch zum Anbiss verleiten konnte. Deswegen ging Rudi in der Regel leer aus. Irgendwann war er es leid. Da ich selten ohne Fisch nach Hause ging, fragte er mich um Rat. Nach kurzem Hin und Her hatte ich ihn zur Neuanschaffung einer kompletten Spinnausrüstung überredet. Wir wälzten gemeinsam Kataloge und wählten eine Spinnrute mit 40 g Wurfgewicht, eine dazu passende Rolle und eine gute 0,25 er Schnur aus. Das Altgerät wurde für schlechte Zeiten aufbewahrt.

Die Lieferung der neuen Ausrüstung konnten wir gar nicht erwarten. Kaum war das Paket bei Rudi angekommen, vereinbarten wir einen Termin zum Probeangeln. Mein Freund wählte einen Platz aus, an dem er schon die letzten zehn Male nichts gefangen hatte. Trotzdem war es seine Lieblingsstelle. Weiß der Geier, was ihm an diesem Platz so gefiel. Außerdem bevorzugte er eine sture Art des Fischens und blieb für gewöhnlich auch beim Spinnangeln den ganzen Tag am selben Platz. Auch dies war meines Erachtens nach ein wesentlicher Grund für seinen Misserfolg. Hier ließ Rudi sich allerdings nicht belehren. Allenfalls nach fünf erfolglosen Stunden war er bereit, das erste Mal den Platz zu wechseln. So wünschte ich ihm viel Glück und machte mich meinerseits daran, den ganzen See abzuklappern.

Nach einigen Stunden, ich hatte einen schönen siebenpfündigen Hecht gefangen, wurde ich neugierig und wollte mal schauen, wie Rudi mit seinem neuen Gerät so klar kam. Bereits von weitem sah ich ihn mit gekrümmter Rute am Ufer stehen. Allerdings hatte er nicht die zweite Hand an der Rolle, sondern rauchte in aller Seelenruhe eine Zigarette, sodass ich vermutete, dass er einen Hänger hatte. Auf Nachfrage erzählte er mir, dass er vor einer Stunde einen großen Fisch gehakt und etwa eine halbe Stunde gedrillt hatte. Dann hatte sich der Fisch am Boden, vermutlich hinter einem großen Stein, festgesetzt und sich seither nicht von der Stelle bewegt. Seither hielt Rudi, beharrlich wie er nun mal war, den Fisch unter Spannung. Die

Frage war, wer jetzt eher die Geduld verlieren würde, mein Freund oder der Fisch? Wir warteten noch eine Viertelstunde, ohne dass sich etwas tat. Plötzlich kam wieder Bewegung in die Sache. Langsam wurde Schnur von der Rolle gezogen. Vermutlich hatte der schon erschöpfte Fisch wieder Kräfte gesammelt und verließ seine Deckung. Dies hätte er besser nicht getan, denn fünf Minuten später lag ein schöner zwölfpfündiger Hecht im Kescher. Rudi strahlte. Kein schlechter Einstand für das neue Gerät. Der eigentliche Glücksfall sollte aber noch folgen. Binnen zehn Tagen fing Rudi, natürlich wieder an seiner Lieblingsstelle, noch zwei weitere Hechte von 20 und 26 Pfund und hat mich damit für alle Zeiten uneinholbar geschlagen. Gute Ratschläge konnte ich ihm nun nicht mehr erteilen.

Einen Glücksfall ganz anderer Art erlebte mein Freund Uwe. Wir hatten damals gerade unsere Sturm- und Drangzeit. Unsere Kneipentouren endeten seinerzeit erst im Morgengrauen und unsere Namen standen im Guinnessbuch der Rekorde unter „Bier." Irgendwann beim vorletzten dieses Getränkes kamen wir noch auf den Gedanken, die beginnende Morgendämmerung zu einer kleinen Angelpartie zu nutzen. Ziel sollte der Teich auf dem Grundstück meiner Eltern sein. Uns Uwe war allerdings der Meinung, vorher noch unbedingt eine andere Fete besuchen zu müssen. So was nennt man Schnapsidee. Daher kamen wir überein, uns eine Stunde später zu treffen.

Die Sache hatte nur einen kleinen Haken in Form eines Dobermannes, den mein Vater – wie einfallsreich – Dobbie getauft hatte. Dobbie hatte wenig mit seinem harmlos klingenden Namen gemeinsam. Er war ein Riesenvieh, fast so groß wie eine Deutsche Dogge, und dabei unheimlich muskulös. Das rührte daher, dass er den ganzen Tag frei auf unserem riesigen Grundstück spielen konnte. Als Spielgefährtin hatte er eine Schäferhündin, als Spielzeug ein zwei Meter langes 90´er Kantholz und eine alte, fußballgroße Kegelkugel aus Holz. Wirkte bereits seine äußere Erscheinung Furcht einflößend, so konnte einem seine Aggressivität den Angstschweiß auf die Stirn treiben. Nicht umsonst war er von einem Hundeführer auf Schärfe abgerichtet worden. Zudem hatte er einen höchst fragwürdigen Charakter: Personen die er kannte, tat er für gewöhnlich nichts. In unserer Gegenwart ließ er sich dann auch gern von diesen streicheln. Das hinderte ihn allerdings nicht daran, bereits am nächsten Tag wieder auf die gleichen Leute loszugehen. Kurzum, mit Dobbie war nicht zu spaßen. Da er auch nachts frei auf dem Grundstück umherlief, sollte ich Uwe daher zur vereinbarten Zeit am Tor abholen. Und so nahm das Schicksal seinen Lauf.

Ich beköderte meine Ruten, machte es mir auf meinem Stuhl am Teich bequem und war nach fünf Minuten eingeschlafen. Den Rest der Geschichte kenne ich nur aus den Erzählungen meines Freundes. Der war, wie vereinbart, am Tor erschienen und wartete vergeblich auf Einlass. Klingeln mochte er nicht, um meine Eltern nicht zu wecken. Außerdem vermutete er mich zu Recht bereits am Teich. Also verlegte er sich aufs Rufen. Trotzdem rührte sich nichts. Zum Teich waren es nur etwa 300 Meter. Sollte er es wagen? Immerhin kannte Dobbie ihn sehr gut. Mit alkoholgestärktem Mut kletterte er über das zwei Meter hohe, stacheldrahtbewehrte Tor und pirschte vorsichtig in Richtung Teich. Von Dobbie war nichts zu sehen. Er schlief offenbar den Schlaf der Gerechten. Obwohl auch Uwe wusste, dass man keine schlafenden Hunde wecken soll, versuchte er es nochmals mit Rufen. Als Antwort erhielt er das dumpfe Dröhnen trappelnder Schritte. Sie kennen die Szene aus Jurassic Park, als der donnernde Schritt des T-Rex kleine Kreise auf einer Pfütze entstehen ließ?

Uns Uwe sprintete Richtung Tor. Da aber bekanntlich ein austrainierter Dobbermann allemal schneller ist, als ein angetrunkener Jüngling, holte der Hund schnell auf. Ein Blick über die Schulter und mein Freund wusste, dass er es nicht bis zum Tor schaffen würde. Also beschloss er, dem Schicksal im wahrsten Sinne des Wortes in den Rachen zu fassen. Als er den heißen Atem seines Verfolgers bereits im Nacken spürte, wirbelte er herum und blieb mitten auf dem

Weg stehen. Da ihm plötzlich der Weg verstellt wurde, zog Dobbie die Notbremse und kam mit gefletschten Zähnen einen Meter vor dem Hindernis zum Stehen. Offenbar hatte er erkannt, dass er die Person verfolgte, die ihm tags zuvor die Ohren gekrault hatte und das ließ ihn für einen Moment zögern. Uwe nutzte seine letzte Chance, trat dem Hund beherzt auf die Nase und machte sich über das Tor davon. Von seiner glücklichen Flucht zeugte später nur ein abgerissener Stacheldraht, an dem noch ein Stück Jeansstoff lustig im Wind flatterte. Es hätte schlimmer kommen können. Auch Dobbie hat die Verfolgungsjagd gut überstanden, war aber künftig noch schlechter als zuvor auf Fremde zu sprechen.

Kapitel 10

Petri Heil!

Dieser freundliche Gruß ist das anglerische Gegenstück zum Waidmannsheil der Jäger und sollte keinesfalls verwechselt werden mit irgendwelchen anderen Heilswünschen aus jüngerer Deutscher Geschichte, denn mit diesen hat er überhaupt nichts gemein.

Vielmehr wünschen wir auf diese Weise unseren Kollegen am Wasser den Segen des Petrus, des Schutzpatrons aller Angler. Petrus war bekanntermaßen nicht nur selbst Angler – Fischer sagte man damals – sondern auch der bevorzugte Jünger von Jesus, seinem Herren. Insofern ist es klug, wenn wir uns seines Schutzes und Segens vergewissern. Allerdings hat Petrus seinen Herrn, und das war nicht fein, dreimal verleugnet, bevor der Hahn krähte. Das zeigt uns nicht nur, dass das frühe Aufstehen der Angler schon zu Zeiten von Christus Tradition hatte, sondern ist auch eine der möglichen Erklärungen für anglerische Misserfolge. Offenbar hat es sich Petrus mit der Verleugnungsgeschichte doch etwas mit seinem Herrn verscherzt, was nun gelegentlich negative Auswirkungen auf seine Schutzbefohlenen hat.

Im Übrigen ist die Bibel voll von wundersamen Geschichten über das Angeln, Fische und Wasser. Für einige gibt es mehr oder weniger logische Erklärungen, so beispielsweise wird die kaum glaubliche Teilung des Roten Meeres durch Moses von der heutigen Wissenschaft mit einem glücklichen Zusammenspiel von den Gezeiten, Wind und flachen Gewässerteilen abgetan. Eine mögliche Erklärung für die Speisung von 5000 Menschen mit drei Fischen habe ich Ihnen im Kapitel „Brassen satt" bereits geliefert. Nachvollziehbar ist auch die Geschichte der erfolglosen Fischer, die nach mehreren fangfreien Tagen als Schneider nach Hause kamen und erst mit der Hilfe von Jesus Netze voller Fische an Land zogen. Die üblichen Ausflüchte von Schneidern sollten Sie inzwischen kennen, wenn Sie dieses Buch aufmerksam gelesen haben.

Was aber ist mit Jonas und dem Wal (ja, ich weiß, dass das kein Fisch ist), oder dem über das Wasser wandelnden Jesus? Letztere Erzählung hat die Angelindustrie derart beschäftigt, dass sie T-Shirts mit der Aufschrift „Ist mir egal, wer dein Vater ist, solange ich angele, geht hier keiner übers Wasser!" auf den Markt gebracht hat. Nur gut, dass diese Geschichten alle aus einer zuverlässigen Quelle stammen und somit nicht angezweifelt werden können.

Stellen Sie sich vor, ich hätte an dieser Stelle so etwas zum Besten gegeben. Man hätte dies sofort zum Anlass genommen, über die Unredlichkeit von Anwälten im Allgemeinen und meine Unglaubwürdigkeit im Speziellen herzuziehen. An dieser Stelle möchte ich Ihnen versichern, dass alle meine Geschichten in diesem Buch in vollem Umfang der Wahrheit entsprechen.

Auch in der Literatur taucht das Thema Fisch und Fischer immer wieder auf, Denken Sie an das schöne Märchen vom Fischer und seiner Frau. Hätte die undankbare Frau des Fischers nicht immer neue, immer unbescheidenere Wünsche an den Fisch gerichtet, hätte sie bis an ihr Lebensende in einem wunderbaren Haus leben können. Und hätte der Fischer sich nicht auf unsinnige Diskussionen mit einem Fisch eingelassen, wäre ihm nicht nur der Ärger mit seinem zänkischem Weib erspart geblieben, sondern er hätte am Ende auch noch eine Pfanne voll Filet gehabt. So kann´s kommen. Aber ich schweife ab.

„Petri Heil" wird nicht nur als Gruß verwand sondern darüber hinaus auch als Gratulation für einen gefangenen Fisch im Sinne von „Herzlichen Glückwunsch!" Wer Anglerherzen kennt, weiß, dass die Hälfte der Gratulierenden in Gedanken dazusetzt „zum unverdienten Glück". Denn die dritte Bedeutung unseres Grußes ist Glück, sei es verdient oder unverdient. Formuliert wird dies in einschlägigen Zeitschriften etwa wie folgt: „Großes Petri Heil hatte ein Angler aus Wolfsburg. Er fing einen Hecht von 120 cm im Allersee."

Auch ich hatte im letzten Jahr ein zwar nicht unverdientes, aber unerwartetes „Petri Heil" und zwar gleich zum Saisonauftakt am 1. Mai. Nach dem langen Winter erfreut sich diese erste Gelegenheit, das Raubfischgerät abzustauben, großer Beliebtheit. Leider herrschte seit Mitte April ein Hochdruckgebiet mit strahlendem Sonnenschein und leichtem Ostwind über ganz Deutschland. Ostwind ist der erklärte Todfeind aller Angler, da bei dieser Wetterlage die Fische die Beißlust nahezu völlig verlieren. Hinzu kamen der strahlende Sonnenschein in Verbindung mit dem kaum spürbaren Windhauch aus Osten. Alles andere als Raubfischwetter. Demgemäß schwankte der Beißindex für Hechte schon seit Tagen zwischen „0" und „1". Unter normalen Umständen wäre ich gar nicht erst losgegangen.

Von meinem Weihnachtsgeld hatte ich mir jedoch eine neue Spinnrolle gegönnt, einen Klassiker, eine Mitchell 300 Xe, von der ich mir sehr viel versprach. Bespult war die Rolle mit einer neuartigen geflochtenen Schnur, die angeblich unter Wasser unsichtbar sein sollte. Dieses Gerät wartete nun seit Wochen auf seinen ersten Einsatz. Außerdem versuchte ich immer am 1. Mai mein Glück und wollte auch dieses Jahr dabei sein. Selbst wenn ich nichts fing, würde ich ein paar schöne Stunden bei herrlichem Sonnenschein verbringen und mit Freunden fachsimpeln können. Und Schneidern über die Schulter schauen! Und bei den Kollegen mal wieder Flagge zeigen! Also den inneren Schweinehund überwunden und den Wecker auf fünf Uhr gestellt.

Zuerst versuchte ich mein Glück am Mittellandkanal. Und schon die erste Enttäuschung. Die neue Schnur war keineswegs unsichtbar, sondern ringelte sich strahlend weiß wie eine Wäscheleine durch das Wasser. Auch die angegebene Schnurstärke passte nicht. Trotzdem landete ich ziemlich rasch einen halbpfündigen Barsch. Dann tat sich nichts mehr, so dass ich den Platz und den Köder wechselte. Sofort wieder ein Biss! Der Haken schlitzte jedoch gleich wieder aus, was bei geflochtenen Schnüren auf Grund der fehlenden Dehnung schnell passieren kann.

Neue Stelle, neuer Versuch, neuer Biss. Der Fisch war jetzt deutlich besser und zeigte sich wehrhaft. Nach kurzem Drill lag ein prächtiger Hecht von 7,5 Pfund in meinem Kescher. Fische dieser Größenordnung sind zumindest in unseren Vereinsgewässern nicht so häufig.

Auch wenn sich nun nichts mehr tat, war es doch ein erfolgreicher Saisonauftakt und so beschloss ich, noch an den vereinseigenen Kiessee zu fahren, um die Kollegen einen Blick auf meinen Fang werfen zu lassen und etwas zu plaudern. Ein Zeuge war schnell gefunden und der Hecht gebührend bestaunt worden. Da sich fischtechnisch am Kiessee nichts mehr rührte, fuhr ich zum Frühstück nach Hause. Ich hatte mein Soll erfüllt und konnte noch den versäumten Schlaf nachholen.

Den ganzen Tag lungerte ich dann im Garten herum und genoss das schöne Wetter. Als am späten Nachmittag die Mücken begannen, über meinem Gartenteich zu kreisen, bekam ich wieder das Kribbeln in den Fingern. Einen Hecht durfte ich heute auch noch fangen und das Gerät lag montiert im Wagen. Also tröstete ich meine Frau mit einem Kuss, versprach, bald zurück zu sein und machte mich auf den Weg zum Kiessee.

Dort herrschte reger Betrieb. Offenbar war die Konkurrenz nicht so erfolgreich und versuchte zum Feierabend noch, einen Räuber auf die Schuppen zu legen. Ich beschloss, dem Trubel zu entgehen und machte mich zu einer entlegenen Ecke des Sees auf. Unterwegs versuchte ich immer wieder einige Würfe. Im kristallklaren Wasser des Kiessees fiel meine angeblich durchsichtige Schnur noch mehr auf. Verflixt, verflixt! Welcher Fisch sollte sich damit überlisten lassen? Ich montierte einen grünen Sandra, der einen Barsch imitieren sollte und versuchte mein Glück in einer Bucht mit tiefem Wasser. Weit draußen befand sich eine kleine Sandbank, die sich gerade noch in meiner Wurfweite befand. Geduldig fischte ich die ganze Breite der Sandbank ab. Nichts tat sich. Nur gelegentlich holte ich einen großen Batzen Kraut an Land. Da, jetzt wieder, der Köder hing schon wieder irgendwo und ließ sich nur schwerfällig einholen. Jetzt spürte ich ein gelegentliches Rucken der Schnur, nicht so, wie die rasante Flucht eines starken Fisches sondern nur ein leises Zuckeln. Für einen kleinen Fisch schien das, was ich langsam Richtung Ufer zog, wiederum zu schwer. Ich war ebenso ratlos wie gespannt. Sicherheitshalber kontrollierte ich nochmals meine Bremse. Je mehr Schnur ich einholte, desto kräftiger wurde das Rucken, aber immer noch versuchte mein Gegenüber keine Flucht. Jetzt sah ich ihn aus der Tiefe auftauchen. Im klaren Wasser wirkte er noch größer als er war, ein Hecht von deutlich über einem Meter Länge. Offenbar sah er mich auch, merkte, was gespielt wurde und setzte zu einer rasanten Flucht an.

Kreischend nahm meine Mitchell den Kampf an. Nun zeigte der Fisch das ganze Repertoire seines Könnens. Nach mehreren langen Fluchten Richtung Seemitte, die ich mit sanft eingestellter Bremse parierte, schoss er Richtung Oberfläche, um mit einem waghalsigen Sprung aus dem Wasser den lästigen Köder abzuschütteln. Ein gefährliches Manöver, das schon vielen Hechten das Leben gerettet hatte. Ich gab sofort Schnur nach, so dass er wieder in die Tiefe ging. Jetzt versuchte er seitlich ins Schilf auszubrechen. Sollte ihm dies gelingen, würde er die Schnur sprengen können. Also die Bremse feststellen und das Gerät auf Biegen und Brechen belasten. Kurz vor dem Schilf kam der Fisch zum Stehen und drehte dann wieder Richtung Seemitte ab. Das gleiche Spiel begann wieder von vorn. Endlich wurde er jedoch müde. Wie ihn nun ans Ufer holen? Am sichersten wäre ein Haken zum Landen großer Fische, ein so genanntes Gaff. Meines lag im Kofferraum. Da wurde es wenigstens nicht nass. Tollkühne Kollegen, so auch Max, holten die Fische mittels Kiemengriff aus dem Wasser. Für diese Methode war ich allerdings zu konservativ, bekam man doch bei einem Fehlgriff schnell blutige Finger. Diese Methode das erste Mal an einem Meterhecht auszuprobieren, erschien mir wenig ratsam. Also doch der Kescher. Meiner war 60 cm breit, der Fisch 109 cm lang. Maßarbeit war folglich geboten. Aber jahrelange Erfahrung zahlt sich irgendwann doch aus. Gleich beim ersten Versuch hatte ich ihn. Jetzt schnell an Land und weg vom Wasser, damit nicht im letzten Moment etwas schief ging. Dann war es geschafft. Ein Gefühl des Glücks und der Erleichterung durchströmte mich. Was für einen Fisch hatte ich gefangen! Zum Kuckuck mit allen Hechtpäpsten, die so was angeblich jeden Tag fertig brachten!

Doch die Krönung sollte erst noch folgen. Selbstverständlich passte der Fisch nicht in meine mitgebrachte Tüte und mein Wagen stand mehr als einen Kilometer entfernt. Nach mehreren Transportversuchen, die alle am Gewicht des Hechtes scheiterten, zog ich ihm eine Schlinge durch Maul und Kiemen und hängte ihn mir über die Schulter. So konnte ich um den ganzen See herum mit stolzgeschwellter Brust an meinen Kollegen vorbeidefilieren und das mir vielfach gewünschte „Petri Heil" mit dem obligatorischen „Petri Dank" erwidern.

Der Hecht schmeckte übrigens mit Butter und Kräutern in Folie gedünstet ganz ausgezeichnet. Den Kopf habe ich präparieren lassen. Er ziert heute mein Büro.

Kapitel 11

An fernen Ufern

Wen hat das Fernweh noch nie gepackt? Einmal alles Althergebrachte vergessen und etwas völlig Neues sehen. Wenn es einem nicht gefällt, kann man sich immer noch zurück an den eigenen Herd begeben. Bei Anglern ist der Wunsch noch viel ausgeprägter. Locken doch fremde Gewässer mit neuen Abenteuern und großen Fischen, die gefangen werden wollen. Wer möchte nicht den heimischen Tümpel mal gegen einen großen See oder das Meer eintauschen und die Barsche zu Hause Barsche sein lassen?

Leichter wird die Sache durch den Ortswechsel nicht. Wer schon vom eigenen Vereinsteich, den er wie seine Westentasche kennt, als Schneider nach Hause kommt, dem fallen auch in unbekannten – häufig unüberschaubaren – Gewässern die Früchte nicht von allein in den Schoß. Manch einer, der mit großen Erwartungen auszog, war später froh, wenn er daheim wieder seine Plötzen stippen konnte. Das hält ihn allerdings nur kurzfristig von dem Wunsch nach weiteren Traumzielen ab. Es muss ja nicht gleich Mauritius sein.

In meiner Jugend war bereits das Fischen auf der Ostsee eine exotische Angelegenheit. Heute ist die Hochseeangelei bestens durchorganisiert, die Schiffe sind modernisiert. Es gibt sogar Damentoiletten und die Angler sind hochtechnisch ausgerüstet und adrett gekleidet. Natürlich in „Woodland."

Früher war das anders. Ausgemusterte Fischkutter nahmen eine Horde unrasierter, verwegen aussehender Burschen mit auf Angeltour. Die Toiletten auf den Kuttern waren reinste Scheißhäuser und die Hälfte der Angler hatte nicht die geringste Ahnung, welches Gerät auf der Ostsee benötigt wurde. Mehr als einmal habe ich Angler gesehen, deren Stippruten sich unter dem Gewicht des Pilkers bis unter die Wasseroberfläche durchbogen. Beim ersten Wurf verabschiedeten sich Pilker und Rute dann endgültig.

Vielen der Mitreisenden kam es offenbar auch nicht auf die Fische an, denn regelmäßig wurden an Bord wahre Saufgelage veranstaltet. Das ungeeignete Gerät und der übermäßige Alkoholkonsum führten nicht selten dazu, dass ein Drillingshaken beim Nachbarn in der Wange landete und der Kollege dann von einem Seenotrettungskreuzer abgeholt werden musste. Außerdem waren viele Angler nicht seefest und ihre Tätigkeit an Bord beschränkte sich auf das Füttern der Fische. Regelmäßig fuhren auch Sommerfrischler auf den Kuttern mit, die die Witterung auf See völlig falsch einschätzten und die statt mit Ölzeug und Gummistiefeln in T-Shirts und Sandalen kamen. Ein solches Exemplar habe ich auf einer Fahrt bei wirklich rauem Wetter erlebt. Der Idiot kam bei Nord-West der Stärke sechs mit Windjacke und Turnschuhen aufs Schiff.

Kaum aus dem Hafen raus, kotzte er sich bereits die Seele aus dem Leib und klammerte sich, auf dem Boden kauernd, an einem Masten fest. Nur gut, dass der Kutter regelmäßig Brecher übernahm, die ihn wieder sauber spülten. Während wir anderen gemütlich unter Deck hockten und ein Bier tranken, saß der Idiot die ganze Fahrt über klatschnass und frierend auf dem Deck. Nach einiger Zeit sah er so besorgniserregend grün aus, dass ich deswegen den Kapitän ansprach. „Wird ihm eine Lehre sein," schmunzelte er nur lakonisch. Wo er Recht hat, hat er Recht. Eine Angel hat unser Sommerfrischler während der ganzen Fahrt nicht mal angefasst. Dafür war er, als wir abends in den Hafen einliefen, erstaunlich schnell von Bord. Er hat sich nicht einmal verabschiedet, der Stiesel. Ich weiß gar nicht, warum die Angelfahrten mir früher so viel mehr Spaß machten als heute.

Weniger exotisch, aber nicht weniger aufregend war eine Tour, die ich mit meinem Freund Rudi an den Seeburger See unternahm, ein recht großes Gewässer. Schon länger hatten wir einen Ausflug dorthin geplant, um den Hechten das Leben schwer zu machen. Endlich hatten wir einen Termin im November ausgemacht. Es kam, wie es im Herbst natürlich kommen musste. An unserem Angelwochenende tobte ein Orkan über Norddeutschland. Rudi zuckte nur mit den Achseln: „Na und?" Und los ging es. Mein Freund kannte das Gewässer und so fuhren wir gleich zu einem Bootsverleiher, der auch die Angelkarten verkaufte. Wir schnappten uns jeder eines der Boote, die meine schlimmsten Erwartungen um ein Vielfaches übertrafen. Die reinsten Seelenverkäufer waren das! Schwere Eichenholzboote, von denen die Farbe großflächig abblätterte und die deshalb voll Wasser gesogen waren. Die dazugehörigen Ruder waren handgefertigt: Bretter, die auf Dachlatten genagelt und deren Enden als Handgriffe grob abgerundet waren.

Als Anker bekamen wir jeder zwei große, mit Beton vergossene Gurkeneimer. Ohne großes Vertrauen legten wir ab in Richtung auf das gegenüberliegende Ufer. Trotz der schäbigen Ruder kamen wir Dank des Sturmes im Rücken zügig voran, so dass wir bald vor einer Schilfkante Anker werfen konnten. Nun aber die Angeln raus. Kein leichtes Unterfangen in den schaukelnden Booten, die laufend Wasser übernahmen. Bevor die Ruten klar waren, hatte mich der Sturm mitsamt Gurkeneimern schon ins Schilf gedrückt. Neuer Versuch, gleiches Ergebnis. Auch bei Rudi. Wir wurden einfach zu schnell abgetrieben. Schon nach kurzer Zeit waren wir in der hintersten Ecke des Sees gelandet und trotz Regenzeug klatschnass. Ein kurzes Zunicken. Wir gaben uns geschlagen. Also wieder zurück.

Wir legten uns mächtig in die Riemen, erhöhten nochmals die Schlagzahl, kamen aber trotzdem nicht aus der Bucht heraus. Selbst bei größter Anstrengung gewannen wir kaum einen Meter. Der Sturm, der uns den Hinweg so leicht gemacht hatte, verhinderte jetzt unseren Rückweg. Was tun? Wir dümpelten schon wieder im Schilf und unsere Kräfte ließen allmählich nach. Unsere letzte Hoffnung war jetzt das Kreuzen seitlich zum Wind. Wir ruderten also im Zickzackkurs kreuz und quer über den See, sodass wir den Wind nicht mehr direkt von vorn hatten. Allerdings drifteten wir immer noch stark seitlich ab. Außerdem hatten wir auf diese Weise ein Vielfaches an Strecke zurückzulegen, kein Zuckerschlecken bei den untauglichen Rudern. Nach zwei Stunden hatten wir es geschafft und legten mit Fingern voller Blasen und ohne einen trockenen Faden am Leib beim Bootsverleiher an. Geangelt hatten wir nicht.

Mit Rudi hatte ich häufiger skurrile Erlebnisse, so auch unsere Schottlandreise. Mein Freund arbeitete im Rahmen seines Studiums zum Fischwirt nebenbei in einer Firma für Fischtechnik. Lachen Sie nicht, so etwas gibt es wirklich! Hergestellt wurden dort unter anderem Fütterungs- und Sortieranlagen. Eine solche Sortieranlage für Lachse sollte zu einer Fischfarm nach Schottland transportiert werden. Da der Weg nach Schottland mit dem PKW weit ist, wurde ein Begleiter für meinen Freund gesucht. Kost und Logie frei. Für Studenten immer interessant. So kam ich ins Spiel. Welcher Angler möchte nicht mal in Schottland nach den Lachsen schauen? Trotz des laufenden Semesters hatte ich zugesagt, bevor Rudi sein Bier leer hatte. Schon am nächsten Tag sollte es losgehen.

Früh am Morgen machten wir uns startklar, um das Gerät abzuholen. Das Erste, was wir erfuhren, war, dass wir heute nicht würden fahren können. Die Fähre war schon auf den nächsten Tag umgebucht. Da die Sortieranlage etwa sechs Meter lang war, gab es offenbar beim Verladen Probleme, da das Ganze auf einem Einachsanhänger transportiert werden sollte. Wie man das bewerkstelligen wollte, war mir nicht klar, da es sich bei der Anlage um ein wahres Monstrum handelte. Am nächsten Morgen sollte ich es erfahren. Man war dabei, die Ladung mit 4 mm starken Bindedraht auf dem Anhänger zu verzurren, was nicht nur abenteuerlich aussah, sondern auch einige Stunden in Anspruch nahm, sodass wir am Abend unser Schiff in Rotterdam erneut verpassten und vor Ort übernachten mussten. Und die Fähre zum zweiten Mal umbuchten. Tags darauf legten wir pünktlich ab und erreichten Kingston upon Hull am frühen Morgen, einem Samstag. Nun ging es mit dem PKW in Richtung Nordwesten. Je weiter wir kamen, desto zerklüfteter wurde die Landschaft. Und um so enger wurden die Straßen. Steil aufragende Felsen zur linken und ebenso steile Uferkanten zur rechten Seite hin. Es konnte einen mit der Sortieranlage auf dem Anhänger schon gruseln. Haarsträubend wurde es, wenn wir einem Wohnmobil begegneten. Wenn Rudi wenigstens nicht immer versuchen würde, dem entgegenkommenden Linksverkehr nach rechts auszuweichen!

Aber die Highlands entschädigten für alles. Malerische Hügellandschaften, unzählige Wasserfälle, darüber immer wieder ein Regenbogen, dann Sonne und wahre Sturzfluten von Regenfällen wechselten einander munter ab, und dann natürlich Seen und Flüsse ohne Ende, die allesamt sehr fischhaltig aussahen. Gut, dass wir unsere Ruten dabei hatten.

Am späten Nachmittag hatten wir unser Ziel, eine Lachsfarm in der Nähe von Oban, erreicht. Auf dem gesamten Gelände befand sich jedoch kein Mensch. Seltsam für einen späten Samstagnachmittag. Wir sahen uns an. Erwartete man uns etwa nicht? Komisches Völkchen, diese Schotten. Das Tor zur Farm war allerdings offen, also traten wir ein, um zu schauen, ob nicht doch jemand zu Hause war. Wie sich herausstellte, war nicht nur das Tor offen, sondern auch alle anderen Gebäude. Lagerhallen, Gefrierhäuser, Werkstätten, ja selbst die Verwaltungsgebäude waren unverschlossen, obwohl sich außer uns keine Menschenseele auf dem Gelände befand. Während wir noch etwas ratlos herumstanden, holperte über die unbefestigte Straße ein Wagen heran, dem ein waschechter Schotte entstieg, der sich uns als Ron Stevens vorstellte und der der Chef der Lachsfarm war.

Er hatte uns, nachdem wir die Fähren an den beiden Vortagen verpasst hatten, nicht mehr erwartet. Auf unsere Nachfrage, warum die ganze Fischfabrik unverschlossen sei, ließ er uns wissen, dass man schließlich nicht in England sei und somit Diebstähle nicht vorkommen würden. Einleuchtende Erklärung. Seinen Pkw und sein Haus schloss Ron niemals ab, wie wir während unseres Aufenthaltes in Schottland feststellten. Auch andere Sitten verblüfften uns bürokratiegewöhnte Deutsche. So fragten wir Ron, wo wir uns eine Angelerlaubnis besorgen könnten. In Deutschland ist Angeln ohne Erlaubnis völlig undenkbar. Ron verstand allerdings überhaupt nicht, was wir wollten. In Schottland gab es offenbar nichts Vergleichbares, allenfalls Lizenzen für einige wenige Lachsflüsse. „Geht angeln, wo ihr wollt", lautete der Rat des praktischen Schotten. Auch unsere Frage nach einem Mindestmaß für Fische – in Deutschland wesentlicher Bestandteil der ganzen Angelei und zentimetergenau für jede Fischart geregelt – schien ihn zu verwirren. So etwas kannte er überhaupt nicht. Auf unsere eindringliche Frage, wie groß ein Fisch denn sein muss, damit man ihn mitnehmen darf, meinte Ron Schulter zuckend, dass er eben in die Pfanne passen muss. Glückliches Schottland! Ron muss uns für Idioten gehalten haben.

Trotzdem – oder gerade deshalb – verriet er uns noch einige Erfolg versprechende Angelplätze in der näheren Umgebung. Anhänger und Sortieranlage ließen wir bei ihm und begaben uns zu unserem Quartier.

Nach Bed & Breakfast begaben wir uns am nächsten Morgen gestärkt an die fremden Gewässer. Alle sahen so landschaftlich reizvoll und fischreich aus, dass wir gar nicht wussten, wo wir anfangen sollten. Allerdings folgte die Ernüchterung nach den ersten Versuchen recht schnell. Mit den ungewohnten Bedingungen kamen wir nicht zurecht. Felsen unter Wasser kosteten uns so manchen Spinner und die richtige Methode hatten wir anscheinend noch nicht raus, denn Bisse konnten wir nicht verzeichnen. Es war auch kein Kollege vor Ort, den wir hätten fragen können. Kein Wunder, an den riesigen Seen verlief man sich förmlich. So klapperten wir erfolglos mehrere Stellen ab, bis wir an einen schlauchförmigen See kamen, der auf mehreren Kilometern Länge nur circa 50 Meter breit war, so dass er fast wie ein Fluss wirkte. Hier saßen Angler dicht an dicht. Sofort parkten wir den Wagen, um bei den Einheimischen zu spicken. Nun hält sich in Deutschland hartnäckig das Gerücht, in England würde man Forellen und Lachse fast ausschließlich vornehm mit der Fliegenrute fangen oder allenfalls noch mit dem Spinner. Weit gefehlt. Wir sahen nicht einen einzigen Fliegenfischer. Alle Kollegen angelten mit Grundrute, Pose und Würmern oder Maden.

Wahrscheinlich ist die Geschichte von den Fliegenfischern genau so eine Erfindung, wie die von den dauernd Steaks essenden Engländern. Bei vier Besuchen auf der Insel habe ich nicht ein einziges Steak zu sehen bekommen. Na ja, wir Deutschen essen ja auch nicht täglich Bratwurst mit Sauerkraut. Zurück zu den Fischen.

Würmer und Maden waren das Letzte, an das wir gedacht hatten und so zogen wir wieder unverrichteter Dinge ab. Am Abend tröstete uns die schier unendliche Auswahl von Whiskysorten in einem Pub. Offenbar verfügte jedes Tal und jedes Dorf über eine eigene Brennerei, so dass Lokalpatrioten in jeder Bar den Whisky ihres Heimatortes genießen konnten. Wir probierten jedenfalls alle Heimatorte der Schotten durch.

Probleme hatten wir hingegen mit dem englischen Bier, das völlig ohne Schaum in die Gläser gezapft wurde und daher eher wie eine Urinprobe aussah (und auch so schmeckte). Außerdem wurden die weitrandigen Gläser randvoll eingeschenkt, so dass wir uns regelmäßig das Bier in den Kragen kippten, wenn wir einen kräftigen Zug nehmen wollten. Die Technik der Schotten war eine andere. Statt den Kopf mit Glas in den Nacken zu legen und das Bier in den Hals laufen zu lassen, beugten sie sich vor und schlürften etwas von ihrem Getränk ab. Solche Banausen!

Am nächsten Tag sollten wir das tun, weshalb wir gekommen waren. Aufbau und Erprobung der Sortieranlage. Zu diesem Zweck fuhren wir mit einem Boot zu Rons Lachsgehegen, die in einer Meeresbucht, geschützt von kleinen Inseln, lagen. Nun gingen uns die

Augen über. Tausende von Lachsen mit einem Gewicht von drei bis vier Kilo schwammen in den Gehegen. Laufend sprangen die großen Fische klatschend aus dem Wasser, um sich der Salzwasserläuse zu entledigen, wie Ron uns erklärte. Jeder Klatscher zerrte an den Anglernerven. Hier mal mit der Angel. Aber wir wollten ja nicht einen Lachs fangen, sondern alle und das auch gleich noch sortiert. Also bauten wir die Anlage, die aus einem starken Kompressor, einer Edelstahlwanne mit Transportband und unterschiedlich großen Ausgängen für die verschieden großen Fische und einem Ansaugschlauch bestand. Die Lachse wurden mittels des Schlauches, der einen halben Meter Durchmesser hatte, aus den Gehegen abgesaugt und auf das Transportband gespült und von dort je nach Größe verteilt. Zunächst mussten wir auf dem Wasser jedoch den meterlangen Schlauch, der sich wie wild kringelte, bändigen. Jeder zufällige Beobachter hätte vermutet, dass wir einen Kampf mit dem Ungeheuer von Loch Ness ausfochten. Sollten Sie von entsprechenden Sichtungsmeldungen über Nessie hören oder lesen, können Sie diese getrost als Zeitungsente abtun.

Irgendwann hatten wir es aber geschafft und die Anlage sortierte munter Lachse. Ich war jetzt überflüssig und so setzte mich Ron zu einer nahe gelegenen Plattform mit Hausboot über, damit ich endlich zu meinem ersten Schottenfisch kommen konnte. Tatsächlich erbeutete ich dort meinen ersten und bis heute einzigen Lachs, nicht sehr groß, vielleicht drei Pfund, aber der bescheidene Mensch freut sich.

Rudi ließ das natürlich keine Ruhe und so fanden wir uns an unserem letzten Abend in Schottland auf einer Klippe am Meer ein, von der Ron behauptet hatte, dass sich dort vom Ufer aus Haie fangen lassen würden. Entsprechende Köder, kleine Schellfische, hatte er uns gleich mitgegeben. Mit Stahlvorfächern und Haken mussten wir improvisieren, denn Brandungsangeln auf Haie war so ziemlich das Letzte, womit wir gerechnet hatten. Auch hatte Rudi nur seine schon in Kapitel neun beschriebene Ausrüstung dabei, was ihn rein wurftechnisch erheblich einschränkte. Ich dagegen hatte neben meiner

Spinnrute auch noch eine Brandungsrute im Gepäck, mit der ich zumindest die breiten Seetangfelder überwerfen konnte. Also bestückten wir die Haken mit halben Schellfischen und donnerten die Ruten soweit wie möglich raus.

Während wir so der Dinge harrten, die da kommen sollten, fiel unser Blick auf ein Fischerboot, das etwa 300 Meter von uns entfernt in der Bucht dümpelte. Offenbar holten die Männer Langleinen ein. Und zwar mit Erfolg. Alle paar Meter hing ein großer Fisch am Haken, alle so ein bis anderthalb Meter lang, typische schlanke Haifischform. Ein Blick durchs Fernglas gab uns Gewissheit: Die Fischer zogen einen Hai nach dem anderen ins Boot, alles keine schlechten Burschen. Da müsste doch auch für uns was abfallen. Allerdings kamen wir nicht weit genug raus. Deshalb montierte ich ein größeres Blei und kürzte den Köderfisch ein, um dessen Luftwiderstand zu verringern. Nun warf ich deutlich weiter. Plötzlich ruckte es mehrfach kurz an der Rute, dann wieder Pause. Hatte der Fisch wieder losgelassen? Nein, jetzt nahm er Schnur. Da ich keine Erfahrung mit Haien hatte, ließ ich ihn noch etwas ziehen, bevor ich den Anschlag setzte. Jawohl, er hing. Langsam kurbelte ich ihn durch das Seetangfeld und dann hatte ich meinen Schottenhai. Es war ein Katzenhai, deutlich kleiner als die Beute der Fischer, aber immerhin. Rudi machte noch ein letztes Gegenlichtfoto bei untergehender Sonne mit dem Fisch, mir und den Highlands, dann packten wir ein. Die Fähre zurück nach Hause ging früh am nächsten Tag, und wir wollten sie nicht schon wieder verpassen.

Mir blieben schöne Erinnerungen an Schottland und seine Menschen und auch der Hai schmeckte gebraten ganz ausgezeichnet. Auch Nichtanglern kann ich Schottland nur empfehlen.

Uneingeschränkt empfehlen kann ich auch die Karibikinsel Antigua, auf der ich mit Carolin und dem noch ungeborenen Max unverhoffter Weise verspätete Flitterwochen verbrachte. Unverhofft, weil wir die Reise erst am Tag unserer Hochzeit vom Lebensgefährten meiner

Mutter geschenkt bekommen hatten. Unverhofft, weil wir uns eine solche Reise nicht hätten leisten können und stattdessen eine Woche Norderney gebucht hatten. Unverhofft auch, weil uns meine Mutter und ihr Lebensgefährte Alexander begleiten wollten. Verspätet, weil die Reise erst in fünf Monaten stattfinden sollte und Carolin zum Zeitpunkt des Urlaubsantritts bereits im 4. Monat schwanger war. Die für die Flitterwochen anstehende Arbeit war schon in Norderney erledigt worden.

Nun sind denn Flitterwochen in Begleitung der Schwiegermutter auch nicht jedermanns Sache. Meine Frau hatte die Nase gerümpft und auch ich war von der Aussicht, meine Mutter und ihren Freund für zwei Wochen um uns zu haben, nicht gerade begeistert. Allerdings versicherten uns die Beiden, dass sie ohnehin den ganzen Tag Golf spielen würden und so ließ uns die Aussicht auf einen Traumurlaub das Geschenk dankbar annehmen. Ein 5-Sterne Hotel in der Karibik lindert ebenso manchen Schmerz.

Leider klappte das mit dem Hotel nicht so wie vorgesehen. Ein Hurrikan hatte zwei Wochen vor unserem Urlaub die Karibik heimgesucht und unter anderem auch unser Hotel völlig verwüstet, so dass wir auf ein anderes (ohne Golfplatz) umgebucht wurden. Nicht nur wegen des fehlenden Golfplatzes entsprach diese Unterkunft keinesfalls unseren Erwartungen. Statt eines endlosen weißen Sandstrandes mit Palmen gab es nur eine winzige Badebucht mit Amerikanern und statt eines geschmackvollen und großzügigen Hotelambientes gab es endlose Reihen kleiner Ferienhäuschen, die alle völlig gleich aussahen und zudem ziemlich verwohnt waren.

Nachdem wir die Frauen nach den Anstrengungen der Reise zur Entspannung in ihren Unterkünften abgeliefert hatten, trösteten Alexander und ich uns mit Rumcocktails bis zum Dunkelwerden. Dann wollten wir unsere Mädel zum Essen abholen. Da uns auf unser mehrfaches Klingeln und Hämmern an die Tür hin nicht geöffnet wurde, kamen wir nach dem vielen Rum auf den grandiosen Gedanken, über den Balkon einzusteigen, um die vermeintlich fest schlafenden Frauen zu wecken. Ich machte Räuberleiter, Alexander stieg ein. Direkt ins Schlafzimmer eines verwundert dreinblickenden, älteren amerikanischen Ehepaares. Wir hatten uns in der Häuserzeile geirrt. Kein Wunder, da die alle gleich aussahen.

Die beiden ältlichen Yankees waren so verwirrt, dass sie wahrscheinlich kein Wort unserer Entschuldigung verstanden haben. Auf Grund der Dunkelheit hätten sie uns wahrscheinlich auch nicht wieder erkannt. Dieser Vorfall bestärkte uns jedoch in dem Vorhaben, uns eine angemessenere Unterkunft zu suchen und so zogen wir am nächsten Tag in ein wunderschönes Hotel mit weißem Sandstrand und Palmen um, in dem nachts keine Betrunkenen über die Balkone kletterten. Außerdem gab es einen Golfplatz.

Den suchten wir dann auch gemeinsam auf. Da Carolin und ich kein Golf spielten (Ja, wir hatten noch Sex!), wurden wir als Caddies eingeteilt und bekamen jeder einen Elektrowagen, mit dem wir unsere beiden Spieler über den Platz kutschierten. Außerdem kaufte Alexander einem einheimischen Jungen noch einen Sack voller Golfbälle ab, die dieser morgens aus den Teichen des Golfplatzes gefischt hatte.

Nun konnte es losgehen. Carolin und ich fegten mit den Elektrowagen kreuz und quer über den Platz und setzten Alexander und meine Mutter am jeweiligen Abschlag der einzelnen Löcher ab. Uns machte das viel Spaß. Die Spieler hatten dagegen Stress. Es ist erstaunlich, welch eine Veränderung in einem eigentlich vernünftigen Menschen vorgeht, wenn er einen Golfschläger in die Hand nimmt. Selbst Stoiker werden plötzlich von rasendem Zorn gepackt und auch die ehrlichste Haut schreckt nicht vor eiskaltem Betrug zurück.

An einem Steilhang über einem großen Wasserloch scheiterte das Können unserer Golfer kläglich. Beide schlugen einen Ball nach dem anderen ins Wasser und zwar immer wieder an die gleiche Stelle. Gut, dass sie einen ganzen Sack voller Bälle gekauft hatten. Mit jedem neuen Ball wurden ihre Gesichter röter, die Flüche lauter. Zum Herzinfarkt fehlte bei beiden nicht mehr viel, zumal es drückend heiß war. Also kamen sie schließlich ohne Scham überein, dass Hindernis als bewältigt anzusehen und am gegenüberliegenden Ufer weiterzuspielen.

Als wir weiterfuhren, sah ich im Schatten eines Baumes den Jungen stehen, der die Bälle verkaufte. Hier würde er seine Vorräte wieder auffüllen und sie am nächsten Tag erneut an meine Mutter verkaufen können. Wissen Sie, was ein Perpetuum mobile ist? Kein Wunder, dass der Junge lächelte, als wir weiterfuhren. Er zumindest wusste es.

In den kommenden Tagen genossen wir die Karibik in vollen Zügen, sei es mit Rumcocktails, die hier unvermeidlich waren, sei es mit Steelbands, Essen auf der Terrasse, Sonne und Strand. Außerdem hatten wir uns mit Mike angefreundet, einem Einheimischen, der wie der Zwillingsbruder von Bob Marley aussah und der trotz der tropischen Hitze stets eine bunte Strickmütze über den Rastalocken trug. Mike ging den ganzen Tag über irgendwelchen dubiosen Geschäften am Strand nach. Bei ihm konnte man wirklich alles bekommen und nachdem meine Frau das zwanzigste Paar Ohrringe und den fünften Wickelrock bei ihm gekauft hatte, waren wir seine erklärten Freunde. Deshalb lud er uns zu einer kostenpflichtigen Fahrt mit dem Glasbodenboot ein, bei der wir dann auch schnorcheln konnten. Trotz aller Freundschaft verlangte er den Fahrtpreis im Voraus. Er setzte uns und noch vier weitere Gäste an einem Korallenriff ab und meine Frau sah durch die Taucherbrille erstmals die faszinierende Unterwasserwelt mit ihren bunten Korallenfischen. Ein kleiner Blick in die Welt der Angler. Außerdem konnte sie trotz ihrer Schwangerschaft schwerelos durch das Wasser gleiten, von mir immer sicher an der Hand geführt. Sie war begeistert. Zurück im Boot spendierte Mike uns erst einmal einen Planters Punsch. Da Carolin Max nicht gleich betrunken machen wollte, durfte ich auch ihren Cocktail trinken. Manchmal hat es doch Vorteile, mit einer schwangeren Frau verheiratet zu sein.

Deshalb durfte sie bei unserer nächsten Bootstour nicht dabei sein, denn ihr war ohnehin häufiger schlecht und wie unsere Kutterpartie auf der Ostsee gezeigt hatte, war Carolin auch nicht ganz seefest.

Alexander hatte, großzügig wie er war, bei einem als „Lobster-King" bekannten Fischer eine Ganztagstour zum Hochseefischen gebucht.

Der „Lobster-King" hatte seinen Namen von den Sandwiches, mit denen er seine Gäste zu versorgen pflegte, und die dick mit Hummerfleisch und Cocktailsoße belegt waren. Ein entsprechendes Lunchpaket besorgte er auch für uns auf einem abenteuerlichen Markt und dann ging es ab auf sein Schiff. Während der Lobster sein Boot aus dem Hafen steuerte, begann sein Gehilfe, die Ruten zu montieren und die Köder vorzubereiten. Dabei befestigte er gut handlange Fische mit Zwirn an Haken, deren Größe vielversprechend auf die zu erwartende Beute schließen ließ. Wir wurden auch nicht enttäuscht, denn es gab endlich einmal Fisch satt.

Die Methode war einfach. Die Köder wurden zu Wasser gelassen und in circa 50 Metern Entfernung hinter dem fahrenden Boot hergeschleppt. Biss ein Fisch, krümmte sich sofort die Rute und man musste nur noch anschlagen. Ich hatte den ersten Versuch und der Lobster drückte mir die Rute in die Hand. Das Erlebnis war für mich völlig unerwartet. Ich hatte das Gefühl, ein Pferd an der Leine zu haben, so stark war der Zug. Kaum konnte ich die Kurbel der Rolle bewegen. Lobster zeigte mir, wie es ging. Zuerst die Rute zum Körper ziehen, dann kurbeln und den Arm mit der Rute wieder strecken. So pumpte ich den Fisch nach und nach ans Boot.

Obwohl ein etwa meterlanger Barrakuda am Haken hing, war ich doch leicht enttäuscht. So, wie ich an der Rute ziehen musste, hatte ich mindestens einen weißen Hai erwartet. Ich war klatschnass geschwitzt. Offenbar war beim Einholen des Fisches zum fahrenden Boot der Wasserwiderstand so groß gewesen, dass ich mit einen viel kapitaleren Fang gerechnet hatte.

Nun war Alexander an der Reihe. Auch er pumpte an der Rute wie ein Verrückter. Man glaubte, jeden Moment müsse – wie beim alten Mann und dem Meer – ein riesiger Marlin aus dem Wasser steigen. Es war aber wieder ein Barrakuda der gleichen Größe. Jetzt ging es Schlag auf Schlag. Abwechselnd fingen wir schöne Fische, bis dem Freund meiner Mutter die Sache zu schweißtreibend wurde und ich allein weiterangeln durfte. Da gegen Mittag Wind und Dünung zunahmen, wurde meine Mutter allmählich immer grüner im Gesicht und so beschlossen wir umzukehren. Immerhin hatte ich fast ein Dutzend großer Räuber gefangen und genug ist genug. Der „Lobster King" musste morgen ja auch noch Fische fangen.

Gegen Abend hatten wir noch ein Erlebnis der besonderen Art. Am Buffet klopften uns laufend wildfremde Leute auf die Schulter und gratulierten uns, meist auf Englisch. Sollten sich meine Fangerfolge vom Vormittag bereits im Hotel herumgesprochen haben? Ich strahlte meine Frau an. Carolin schüttelte den Kopf und tippte mit dem Zeigefinger an ihre Stirn. Den nächsten Gratulanten hielten wir am Ärmel fest und erkundigten uns, wozu er uns eigentlich beglückwünscht hatte. Sofern wir sein kaugummigekautes Amerikanisch richtig verstanden, hatte er etwas von einer Wand gefaselt, die weg sein sollte. Wir schauten uns verständnislos an. Was für eine Wand? Den nächsten Gratulanten verstanden wir etwas besser. Außerdem konnte er ein paar Brocken Deutsch: „The Berliner Mauer. Yes, it`s true!" Warum sollte die Berliner Mauer weg sein? Hatten wir während der Flitterwochen etwas verpasst? Wir gingen zurück auf unser Zimmer und konsultierten den Fernseher. Was wir sahen, waren Kolonnen von Trabbis voller jubelnder Menschen, die sich von Ost nach West quälten und dort ebenfalls mit Begeisterungsstürmen empfangen wurden. Zwischenzeitlich soll sich die Begeisterung auf beiden Seiten allerdings etwas gelegt haben.

Heute brauche ich niemandem zu erklären, was sich seinerzeit am 9.11.1989 ereignet hatte. Uns erschien das Ganze damals, aus der Ferne betrachtet, völlig unwirklich. Aus diesem Traum erwachten wir erst wieder zu Hause, als wir feststellten, dass unser Wohnort, der nur drei Kilometer von der Zonengrenze entfernt war, von stinkenden Trabbis überrollt wurde und die Regale in den Läden kurz vor Weihnachten ausverkauft waren. Jetzt hatte uns die Wirklichkeit wieder.

Kapitel 12

Warum Angeln?

In einer Zeit, in der es in jedem Supermarkt eine Vielzahl von Frischfischangeboten gibt, ergänzt durch Tiefkühlware und nicht zu vergessen den Produkten von Käptn'Iglu, schleichen immer noch Gestalten im Morgengrauen aus ihren Häusern, um frühmorgens den Fischen nachzustellen. *„Fische fangen und Vögel stellen, verdarb schon manchen Junggesellen,"* sagt ein altes Sprichwort. Können diese Leute denn nicht, wie jeder andere vernünftige Mensch auch, ihren Seelachs mit Remoulade bei der „Nordsee" essen? Oder gefrorenes Rotbarschfilet beim nächsten Aldi kaufen? Schließlich isst heutzutage jedes Kind Fischstäbchen mit Spinat. Macht doch so schön „blupp!"

Diese Frage drängt sich umso mehr auf, weil Angelfisch sehr teuer ist. So kommt ein Zanderfilet preislich durchaus an eine vergleichbare Menge Kaviar heran. Ein angeltechnischer Laie kann sich nicht annähernd eine Vorstellung davon machen, mit welchem Materialaufwand der Fang eines halbwegs brauchbaren Fisches verbunden ist. 1000 Euro im Jahr sind da nichts. Manch einer gibt das Doppelte für die Anschaffung einer einzigen Rute aus, mit der er bei Wettkämpfen handlange Weißfische fangen kann. Weit über 10 Meter lang sind diese Geräte, wiegen dabei nur wenige hundert Gramm und sind fast so zerbrechlich wie Glas. Deshalb hat so ein richtiger Wettangler immer etwa ein halbes Dutzend Ruten dabei.

Der Wunsch, billig an Fisch zu kommen, kann also als Grund für das Angeln ausgeschlossen werden.

Auch die Vorliebe für besonders frische Fische ist nicht das Motiv für die endlosen Stunden am Wasser. Viele Angler essen ihren Fang nicht einmal und setzen ihre Beute trotz gesetzlicher Verbote sogar wieder zurück. Wieder andere, so auch ich, frieren ihren Hecht zunächst mal ein. Wenn man den ganzen Tag mit Fisch rumgeschmaddert hat, mag man diesen am Abend nicht auch noch essen. Dann lieber ein Steak!

Einige von uns schätzen das Naturerlebnis, besonders am frühen Morgen oder in der Abenddämmerung, wenn es am Wasser noch ruhig ist. Den gleichen Effekt hätte man aber auch bei einem schönen Spaziergang um den See. Zudem muss man dann keine Karre voller Angelgerümpel mitschleppen.

Der wahre Grund ist vielmehr in archaischer Vorzeit zu suchen. Auch wenn man es heute gern verleugnet, steckt der Jäger immer noch in uns, besonders im Mann. Es ist das steinzeitliche Jäger-Gen, das Y-Chromosom, das uns antreibt, den einen mehr, den anderen weniger stark. Dem einen reicht es, in der heimatlichen Stube auf virtuelle Moorhühner zu schießen, für den anderen muss es schon ein ausgewachsener Grizzly in Alaska sein. Aber immer ist der Wunsch nach Beute da. Sie sieht nur bei jedem anders aus. Wirkliche, essbare Beute machen allerdings nur noch Jäger und Angler. Sie sind die einzigen echten Beutegreifer mit diesem ausgeprägten Jagdinstinkt. Bei Letzteren ist dieser Trieb am stärksten.

Denn den Jagdfreunden kommt es bei der Ausübung ihres Hobbys nicht ausschließlich auf das Beutemachen an. Vielmehr lieben sie die jagdlichen Traditionen und das gesellschaftliche Treiben, das damit einhergeht. Das erlegte Wildschwein interessiert sie nicht mehr. Es wird verkauft. Wie schnöde! Angelvereine untersagen ihren Mitgliedern in der Regel den Verkauf von Fischen.

Da das Schießen von Tieren nicht so eindeutig im Vordergrund steht, können sich auch viele Frauen mit der Jagd und der damit verbundenen Traditionspflege anfreunden, zum Beispiel dem Blasen, insbesondere von Jagdhörnern. Die Damen sind allerdings häufig, elegant in Loden oder Trachten gekleidet, auf eine ganz andere Beute aus. Zumindest sieht man sie selten dabei, wie sie eine feiste Sau aus dem Unterholz zerren oder einen Hirsch aufbrechen. Wenn man aber weiß, dass insbesondere Ärzte, Aristokraten, Ministerpräsidenten und Industrielle gern der Jagd frönen und dass seit Jahrzehnten Förster an erster Stelle auf der Wunschliste heiratswilliger Damen stehen, ist leicht zu durchschauen, welche Beute die Jungjägerin ins Visier genommen hat. Es ist nicht der Rehbock, der aufs Korn genommen wird. Zudem wird in Jägerkreisen traditionsgemäß gern ein bekannter Kräuterlikör getrunken, der die Stimmung auflockert. In solch aufgeheiterter Atmosphäre ist schon manch Jäger zum Schuss gekommen. Und von einer Jägerin erlegt worden. Waidmannsheil!

Ganz anders dagegen die Angler. Außer einem fröhlich gewünschten „Petri Heil" gibt es eigentlich kaum eine ausgeübte Tradition. Auch gesellschaftliche Veranstaltungen sind die Ausnahme. Selbst bei gemeinsamen Angelveranstaltungen rückt man möglichst weit auseinander, damit einem der Nachbar nur ja keinen Fisch weg fängt. Vergleichbares mit dem so genannten „Kesseltreiben" der Jäger gibt es nicht am Schluss einer Veranstaltung. Allenfalls steht man noch auf ein Bier zusammen und stellt Mutmaßungen darüber an, warum wieder mal nichts gebissen hat. Das war es auch schon.

Wen verwundert es da, dass es kaum weibliche Angler gibt. Und die wenigen, die es gibt, haben vermutlich überwiegend auch ein Y-Chromosom zuviel abbekommen. Deshalb überwiegen derbe, kräftige Staturen und ein Damenbart. Vom Typ her mehr Bauersfrau als Powerfrau. Eine natürliche weibliche Scheu vor kalten, glitschigen Fischen ist ebenso wenig vorhanden wie Mitleid mit dem sich am Haken windenden Wurm. Auch gekleidet sind sie eher burschikos, sei es im Holzfällerlook oder in Camouflage. Meist sind die Hosen auch noch mit Schleim- und Futterresten verschmiert und verströmen einen fischigen Geruch. Kein Wunder also, dass die zwischenmenschlichen Beziehungen hier auf der Strecke bleiben. Zu mehr als einem kameradschaftlichen Schlag auf die Schulter reicht es nicht. Vielleicht trinkt man auch noch gemeinsam einen Kümmerling im Stehen.

So können wir ohne Ablenkung durch das weibliche Geschlecht und ohne traditionelle Hemmnisse unser Augenmerk gezielt auf unsere Beute richten und dem Jäger-Gen freien Lauf lassen. Das ist es, was uns antreibt, deshalb angeln wir.

Selbst in Kindern ist dieser Beutetrieb vorhanden, wenn man ihn denn nicht unterdrückt. Leider versucht man heute von den angeblich so zarten Kinderseelen fernzuhalten, dass auch der Tod zum Leben gehört und für ein Schnitzel ein Schwein geschlachtet werden muss. Als Folge hiervon glauben unsere Kinder, Kühe seien lila. Und sie müssen als traumatisiert zum Psychiater geschickt werden, wenn sie mal den Tod eines Tieres mit angesehen haben.

Dabei sind Kinderseelen im Grunde recht robust, wenn man sie ihre natürliche Entwicklung nehmen lässt. Allerdings glauben leider viele von der intellektuellen Infanterie heute, ständig irgendwo herumdoktern zu müssen, um die Welt und die darauf lebenden Menschen zu verbessern. Ich frage mich, wie in ein oder zwei Generationen etwas zum Vorteil verändert werden kann, was über Jahrtausende der Evolution gewachsen ist. Darwin hatte Recht. Was sich über Generationen durchgesetzt hat, ist stark und gut. Man sollte sich hüten, der Evolution ins Handwerk zu pfuschen. Was die Weltverbesserer und Gutmenschen erreicht haben, ist eine verrohte Jugend ohne Respekt, weder für sich noch für andere. Kinder, auch kleine, verrohen nicht dadurch, dass sie lernen, einen Fisch vernünftig abzuschlagen. Sie verrohen, weil ihnen vernünftige Werte fehlen.

So hat sich auch Max frühzeitig an den Gedanken gewöhnt, dass es für einen Gänsebraten unabdingbar ist, dass die Gans ihr Leben lässt. Schon im Alter von etwa sechs Jahren hat er regelmäßig die kleinen, gelben Entenküken mit Würmern und Getreide gefüttert, sie gehätschelt und getätschelt und sie monatelang mit kleinen Leckerbissen verwöhnt. Irgendwann kam dann aber der Zeitpunkt, wo er der Meinung war, dass die Erpel nun genug gefressen hätten und sie ausreichend fett seien, um geschlachtet zu werden. Wo er Recht hat, hat er nun mal Recht. Und die Braten ließ er sich stets ohne Reue schmekken. So hält er es bis heute. Das ist es, was ich unter natürlicher Entwicklung verstehe. Offenbar nicht nur ich. Wie hat es Charles Darwin so trefflich ausgedrückt? „Alles, was gegen die Natur ist, hat auf Dauer keinen Bestand".

Die genetische Programmierung, die in jedem Lebewesen steckt, kann man nur unterdrücken, nie jedoch auslöschen. Selbst ein Küken, das künstlich erbrütet und in einer Halle aufgezogen wurde, das nie eine Henne oder den blauen Himmel gesehen hat, trägt im Herzen voll Furcht das Bild des Habichts. Darum duckt es sich unwillkürlich ab, sobald am Himmel irgendwo ein Raubvogel kreist.

Der Angeltrieb in uns ist sehr stark, stärker noch als der Sexualtrieb, wie nachfolgende kleine Episode, die leider nicht von mir stammt, zeigt:

Vier Freunde sitzen an einem Donnerstag abends am Stammtisch beim Bier und verabreden, sich am Samstag zu einem gemeinsamen Angeln zu treffen. Alles ist in trockenen Tüchern: Karl besorgt das Bier, Peter bringt Würstchen mit und Klaus sorgt für Regenwürmer und Maden. Nur (Fischers) Fritz druckst noch herum. Ihm hatte seine Frau, sehr zur Erheiterung seiner Kollegen, für das Wochenende kein frei gegeben. Er durfte also nicht mit und zog auch an diesem Abend vorzeitig und muffig ab.

Als die drei Freunde am Samstag morgens um fünf Uhr mit ihren Angeln am Vereinsteich erscheinen, sitzt dort sehr zu ihrem Erstaunen bereits ihr Freund Fritz, die Angel in der rechten und eine Flasche Bier in der linken Hand. „Wie kommt es, dass du hier bist?", fragen sie verwundert. „Wir dachten, du hättest keinen Ausgang?"

„Ich bin schon seit Freitag hier. Mit Erlaubnis meiner Alten" antwortet Fritz. „Wie hast du sie denn rumgekriegt?", wollen die Freunde natürlich wissen. „Na ja, eigentlich war meine Frau ganz froh, dass ich Donnerstag so früh zu Hause war. Als ich so mit meinem Bier vor der Glotze saß, stellte sie sich hinter mich und hielt mir die Augen zu. Dann durfte ich mich umdrehen und sie stand in schwarzer Reizwäsche, Straps und hochhackigen Schuhen vor mir."

„Überraschung!" rief meine Alte. „Bring mich ins Schlafzimmer, fessele mich ans Bett und dann mach, was du willst!" „Und was soll ich euch sagen: Hier bin ich!"

Kämpfen wir also nicht gegen das Jäger-Gen in uns an. Gehen wir lieber Angeln!

Kapitel 13

Wettangeln

Wettangeln ist die ultimative Steigerung des Angelns. Sind hier doch die Verrücktesten des Vereins alle auf einem Haufen versammelt.

Dabei gibt es streng genommen gar kein Wettangeln mehr. Schuld daran sind, wie könnte es anders sein, Tierschützer und Richter. Diese sind der Auffassung, dass Wettangeln gegen das Tierschutzgesetz verstößt, wonach es verboten ist, einem Tier ohne vernünftigen Grund Leiden zuzufügen. Danach ist der einzige akzeptable Grund für die Angelei der Wunsch, einen Fisch zu fangen, um ihn anschließend zu verwerten. Die frühere Praxis bei Wettkämpfen sah so aus, dass die Fische in ein großes, circa 3,50 Meter langes Netz gesetzt wurden, welches der gesamten Länge nach im Wasser lag. Nach Abschluss der Veranstaltung wurden die Fische gewogen und anschließend wieder schwimmen gelassen. Obwohl sich die Fische in dem geräumigen Netz wohler gefühlt haben, als in freiem Wasser, befanden die Richter den etwa vierstündigen Aufenthalt im Netz für die Fische als zu stressig. Seither müssen die Fische getötet werden. Da blutet einem das Herz. Zumindest haben die Fische jetzt keinen Stress mehr. Das Ganze wird dann noch als „Hegefischen" deklariert, und schon ist der Gerechtigkeit in diesem, unserem Lande Genüge getan. Ähnlich weise Entscheidungen hat unsere Justiz bezüglich derjenigen unter den Karpfenanglern getroffen, die 30-pfündige Fische wieder schwimmen ließen. Auch die müssen nun abgeschlachtet werden. Die Fische, nicht die Angler! So hat, wie schon so oft, der Versuch, den Tieren etwas Gutes zu tun, viel Schaden angerichtet.

So ein Wettkampf ist immer etwas Besonderes und will entsprechend vorbereitet sein. Training macht den Meister. Sie werden sich sicher fragen, wie um alles in der Welt man das Fangen von Fischen trainieren kann. Das ist eigentlich gar kein Problem. Auch der Umgang mit langen Ruten und speziell den überlangen Wettkampfruten will gelernt sein. Nach dem langen Winter hänge ich mich am ersten Angeltag regelmäßig selbst mehrfach an meiner eigenen Schnur auf. Also sollte der erste Angeltag im Jahr nicht der Wettkampf sein. Zudem wollen auch andere Handgriffe geübt sein, so etwa das Abhaken der Fische und das Formen und Einbringen des Futtermaterials. Die Futterkugeln sind etwa so groß wie eine Orange und das Einwerfen sieht dem Bocciaspiel sehr ähnlich, einschließlich der erforderlichen Präzision. Auch müssen die Haken laufend neu beködert werden, was insbesondere mit einer Gleitsichtbrille Zeit in Anspruch nimmt. Die Zeit ist beim Wettkampf ein wichtiger Aspekt, da nur der Köder fängt, der auch im Wasser ist. Man darf daher beim Abhaken und Neuanködern nicht zuviel herumtrödeln. Das alles ist recht stressig und mit einem gemütlichen Angelnachmittag nicht zu vergleichen.

Außerdem ist die Handhabung der überlangen Rute doch in erheblichem Umfang mit körperlichen Anstrengungen verbunden. Anders als beim gemütlichen Karpfen- oder Aalangeln, bei dem die Angel manchmal stundenlang im Wasser verbleibt, werden die Wettkampfruten, je nach Wind- und Strömungsverhältnissen alle paar Minuten neu ausgeworfen. Nicht zu unterschätzen ist zudem der Winddruck, der auf den Angeln lastet und diese teilweise erheblich durchbiegt. Muskelkater oder Verspannungen sind nach der Winterpause nichts Ungewöhnliches.

Nicht zuletzt müssen natürlich die neuesten Erzeugnisse der Angelindustrie auf Alltagstauglichkeit überprüft werden. Bereits im Kleinteilebereich und beim Fischfutter ist das Angebot kaum überschaubar. Nicht umsonst gibt es gerade im Frühjahr viele Fachmessen. Ein vernünftiges Hobby muss halt kosten. Ich selbst halte mich hier zurück, da ich der Auffassung bin, dass die Sache irgendwie im Rahmen bleiben muss. Trotzdem kann ich immer noch gut mithalten. Ich habe mir fest vorgenommen, irgendwann einmal mit einer selbst gebastelten Bambusrute aus meinem Garten anzutreten und zu sehen, was ich damit reißen kann. Auf das Ergebnis und die Gesichter der Kollegen bin ich wirklich gespannt. Ich werde Sie auf dem Laufenden halten.

Zurück zu unseren Wettanglern. Diese haben sich morgens um fünf Uhr mit vollem Marschgepäck und Tarnausrüstung am Gewässer versammelt. Inklusive Futter und Sitzgelegenheit hat jeder mindestens 40 Kilo dabei. Da solche Mengen Gerätschaften kaum einer zu tragen in der Lage ist, hat jeder irgendeinen Karren dabei. Die besonders gut ausgerüsteten Kollegen verfügen sogar über eine Sitzplattform mit ausklappbaren Beinen, die einem Bootssteg ähnelt und mit Rädern ausgerüstet ist. Zusammengeklappt wirkt das Ganze wie eine überdimensionale Schubkarre, auf der dann noch der Rest des Gerätes transportiert wird. Bevor das Ganze aufgebaut werden kann, muss allerdings mit der mitgebrachten Sense der Platz frei gemäht werden.

Doch soweit ist es noch nicht. Zunächst stehen die unrasierten – das Rasierwasser an den Fingern würde die Fische vergraulen – und übernächtigten Männer und ein oder zwei rustikale, ebenfalls unrasierte Frauen in kleinen Gruppen zusammen, bis die Begrüßung durch den Sportwart des Vereines erfolgt. Dann werden die Plätze ausgelost, wobei es zu den ersten Unmutsäußerungen kommt, da die Vorstandsmitglieder zum wiederholten Mal die besten Platznummern gezogen haben. Wenn das Gemaule abgeklungen ist, geht es ans Wasser und man hat etwa eine Stunde Zeit, seinen ganzen Trödel aufzubauen, bevor der Startschuss fällt. Die Regeln sind einfach. Allein die Teilnahme an der Veranstaltung bringt 100 Punkte ein. Diese Regelung hat einmal dazu geführt, dass Max Vereinsmeister der Jugend wurde, ohne auch nur einen einzigen Fisch gefangen zu haben. Er hatte aber als einziger an allen Durchgängen teilgenommen und niemand hatte einen Fisch gefangen. Ebenfalls 100 Punkte bringt jeder gefangene Fisch ein, egal wie groß er ist. Um dieses wieder auszugleichen, gibt es für jedes Gramm Fischgewicht einen Punkt. Somit bringt ein Karpfen von 2 kg 2100 Punkte ein und wird von zehn Plötzen, die insgesamt 1,2 kg wiegen und 2200 Punkte einbringen, knapp geschlagen.

Nachdem nun also der Platz freigemäht wurde, beginnt die Montage der Ruten und das Wichtigste, das zentimetergenaue Ausloten der Wassertiefe. Soll der Köder einen Fisch an den Haken bringen, muss er sich schon knapp über oder gerade so eben auf dem Grund befinden. Dann werden die wichtigsten Utensilien bereitgelegt. Nicht fehlen dürfen Fischtöter, Hakenlöser und Messer. Ferner ein Kescher, mit dem selbst allerkleinste Fische aus dem Wasser gehoben werden. Bloß keinen verlieren! Abgefallene Fische bringen keine Punkte. Und ein Maßband, um festzustellen, ob unsere Beute auch wirklich die vorgeschriebene Größe erreicht. Mit dem Schätzen haben es Angler nicht so. Selbst eine Sardine schätzen sie in der Regel auf fünf Pfund und markieren die Länge mit der Handkante auf dem Oberarm.

Jetzt werden die Köder bereitgestellt. Besonders umtriebige Kameraden bedienen sich zum schnelleren Köderwechsel eines Ständers, auf dem nebeneinander ein halbes Dutzend Döschen angebracht sind, in denen sich Maden, Würmer verschiedener Größen, Mais, Hanf und ähnliche Leckerbissen befinden. Das Ganze sieht etwa so aus wie ein kaltes Buffet. Nun muss noch das Lockfutter, das uns die Fische an den Angelplatz bringen soll, angemixt werden. Dabei handelt es sich um eine Geheimwissenschaft, bei der jeder Angler auf seine spezielle Mischung vertraut und zwar solange, bis er damit zum ersten Mal nichts fängt. Dann erfindet er ein neues Rezept oder kupfert es einfach irgendwo ab. Zu diesem Zweck langt man einmal beiläufig in den Futtereimer der Konkurrenz, tut gelangweilt so, als wolle man nur einmal einen Blick darauf werfen, versucht dabei schon mal die leicht erkennbaren Inhaltsstoffe zu erraten und lässt den Rest wieder in den Eimer fallen. Dann wendet man sich ab, schnuppert an der Hand und versucht anhand des Geruches zu erraten, was das Futter an Lockstoffen enthält. Wehe der Nase, wenn es Reiheröl, Heringsöl oder ähnliches gewesen ist. Der Gestank ist bestialisch.

So ein gutes Futter enthält mindestes zehn Ingredenzien. Der Hauptbestandteil ist meist Paniermehl, verfeinert mit diversen süßeren Mehlsorten, Hanfmehl und verschiedenen flüssigen Lock- und Farbstoffen. Das Ganze wird mit Wasser zu einer mehr oder weniger krümeligen Masse vermischt. Könner bedienen sich hierbei eines Akkuschraubers und eines entsprechenden Rühraufsatzes. Dann wird das Ganze noch durch ein Sieb gedrückt, um Klumpenbildung zu vermeiden und schon ist unser Futter fertig. War doch gar nicht so schwer, oder?

Jetzt muss nur noch der Angler in Form gebracht werden. Damit die Sonne nicht blendet, wird ein Hut oder eine Mütze mit Krempe aufgesetzt. Aus gleichem Grund darf auch die Sonnenbrille nicht fehlen. Damit die gute Tarnbekleidung durch Fische und Futter nicht verschmutzt wird, binden sich viele Kollegen noch eine lange Schürze um. Sie sehen dann aus wie im Maggi-Kochstudio, nur eben mit Sonnenbrille und Mütze. Jetzt noch schnell gegen Sonne oder Regen den Schirm aufgespannt und schon kann der Wettangler auf einem Stuhl auf seiner Plattform Platz nehmen und sich bis zum Startschuss noch ein Bier genehmigen. Nur damit wir uns richtig verstehen: bis zu diesem Zeitpunkt ist noch keine einzige Angel im Wasser.

Und nun bitte ich Sie, sich das Ganze einmal bildlich vorzustellen. Im Morgengrauen sitzt ein unrasierter Mann (oder eine unrasierte Frau) mit Tarnkleidung, Kittelschürze und Basketballmütze mit Sonnenbrille auf einer Plattform am Wasser, umgeben von einem Futtereimer, in dem noch ein Akkuschrauber steckt und einem, mit gefährlich aussehenden Instrumenten nebst einem großen Messer. Er starrt gebannt auf das Wasser, in dem sich keine seiner vielen Angeln befindet und wartet. Auf den letzten Schuss, den er wieder mal nicht gehört hat? Mitnichten. Auf den Startschuss, der genau jetzt fällt. Wenn sie bei diesem Anblick nicht das dringende Bedürfnis haben, einen Psychiater zu Hilfe zu rufen, hat Sie mein Buch schon zu sehr mit dem Angelvirus infiziert.

Nun beginnt eine hektische Betriebsamkeit, denn heute will keiner als Schneider nach Hause gehen. Überall fliegen Futterballen und beköderte Angeln ins Wasser, so dass die Flossenträger vorsorglich erst einmal Reißaus nehmen. Deshalb kehrt zunächst Ruhe ein, bis das Futter die ersten Interessenten zurück an den Platz lockt. Derweil schaut man nach links und rechts was die Konkurrenz so treibt. Max und ich stehen per Handy in Kontakt, um Fangergebnisse und Ködertips auszutauschen. Interessierte Zuschauer, die aber selbst nicht mitangeln wollen, wandern die Strecke regelmäßig ab, und halten die Teilnehmer über die Fänge auf dem Laufenden. Jeder bemüht sich, jeder tüftelt, nicht jeder fängt. So verstreicht die Zeit bis zum Ende des Angelns und man kommt zum Höhepunkt der Veranstaltung, dem Wiegen.

Zu diesem Zeitpunkt haben sich schon einige Petrijünger aus dem Staube gemacht und zwar die Schneider. Zu peinlich ist der Auftritt an der Waage, wenn man nichts zum Wiegen hat. Also packt man beizeiten sein Gerät zusammen und verschwindet klammheimlich. Nach und nach, denn zuerst muss ja das ganze Gerümpel wieder abgebaut und verstaut werden, treffen jetzt alle Teilnehmer bei der Waage ein. Man trinkt ein Bier und plaudert, während die Fänge verwogen werden. Mit Argusaugen wird die Beute der Konkurrenz und der Ausschlag des Zeigers der Waage betrachtet. Vermutungen werden angestellt, ob vielleicht Steine mit gewogen wurden. Zweifel, ob einzelne Fische das Mindestmaß erreichen, werden laut. Regelmäßig wird auch behauptet, dass Fische von zu Hause aus der Kühltruhe mitgebracht wurden und noch vereiste Kiemen haben. Kleine Karpfen werden schon mal als Karauschen, kleine Zander als Barsche bezeichnet. Solche Frotzeleien gehören dazu und sind nicht ernst gemeint. Die Ergebnisse werden verglichen, frühere Durchgänge werden hinzugerechnet und jeder rätselt, welchen Platz er derzeit belegt.

Gegen Ende kommen diejenigen, die das meiste Gerät oder die meisten Fische zu verstauen hatten. Die Spannung steigt, denn jetzt stellt sich heraus, wer Tagessieger geworden ist. Erfahrene Augen versuchen schon vorab, das Fanggewicht und die Anzahl der Fische abzuschätzen. Und dann steht fest, wer Vereinsmeister oder Angelkönig geworden ist. Ein Klaps auf die Schulter, ein anerkennendes Nicken, ein letzter Scherz und das war es dann schon. Angler sind bescheiden und schweigsam. Der Sieger sonnt sich noch eine kleine Weile in seinem Ruhm, die Verlierer wünschten, sie wären an seiner Stelle und die Schneider sind bereits zu Hause. Die Welt ist in Ordnung. Alle zusammen freuen sich auf das nächste gemeinsame Angeln und haben sich schon jetzt vorgenommen, dann alles besser zu machen. Ob es ihnen gelingt – wer weiß? Eins aber ist gewiss: Beim nächsten Mal sind alle wieder dabei. Nicht umsonst sind sie die Verrücktesten des Vereins.

Kapitel 14

Handicap 50

Keine Angst, ich bin nicht beim Golf, sondern immer noch beim Angeln. Und gemeint ist das Alter, das auch hier ein Handicap darstellt.

Mit dem Älterwerden hatte ich immer schon so meine Probleme. Bis neunundzwanzig war alles recht einfach. Die Devise lautete: Trau keinem über 30. Dass man mir von einem auf den anderen Tag plötzlich nicht mehr trauen konnte, nahm ich seinerzeit zum Anlass, mir gehörig einen auf die Lampe zu gießen. Den 40. habe ich erst gar nicht gefeiert. Wozu auch. Die nächsten zehn Jahre hatte ich dann Zeit genug, jüngeren Bekannten zu erklären, warum das Leben, so wie man es gekannt hat, bereits mit Vierzig endet.

Um meinen 50. Geburtstag konnte ich mich nicht mehr drücken und so beschloss ich, wenigstens nur in kleinem Rahmen zu feiern. In meiner Begrüßungsrede versäumte ich dann auch nicht, darauf hinzuweisen, dass für mich statistisch gesehen bereits das letzte Drittel des Lebens angebrochen ist. Aufrecht erhielt mich der Gedanke, dass ich sowohl mütterlicherseits als auch väterlicherseits aus einer langlebigen Familie stammte. Alle hatten, soweit sie nicht im Krieg gefallen waren, bei bester Gesundheit locker die Achtzig überschritten. Das ließ mich auf eine Bonusrunde jenseits der Fünfunddsiebzig hoffen.

Trotzdem ließ es sich nicht leugnen, dass mich das Alter, beziehungsweise die damit verbundenen Beschwerden bei der Ausübung meines Hobbys erheblich behinderten. So vermied ich es schon längst, mir die Nächte am Gewässer um die Ohren zu schlagen oder noch vor dem Morgengrauen meinen Angelplatz einzurichten. Irgendwie fand ich es bei Carolin im Bett gemütlicher. Auch lasse ich mich heute, ganz anders als früher, gelegentlich durch das Wetter vom Angeln abhalten. Mal ist es zu warm, mal ist es zu kalt, mal zu windig, ein anderes Mal zu nass. Um Ausreden darf man, gerade als Anwalt, nicht verlegen sein.

Ernstere Probleme bereiteten mir Rücken und Gelenke. Den ganzen Tag mit der Spinnrute um die Teiche zu laufen, ist mir nicht mehr möglich. Ich brauche immer eine Sitzgelegenheit, um mir gelegentlich eine Pause zu gönnen. Meist habe ich dann noch eine Grundrute dabei, um weiterangeln zu können, wenn mir vom Spinnfischen die Schulter lahm wird.

Auch das Hantieren mit langen Stippruten und das Werfen schwerer Grundbleie bereitet mir Schmerzen in Handgelenk und Rücken. Davon habe ich sogar die nächsten Tage noch etwas.

Diesen Beschwerden kann man zumindest teilweise durch modernes Gerät, das leichter und trotzdem stabiler ist, entgegenwirken. Es ist schon erstaunlich, wie leicht, schlank und elegant die modernen Ruten sind. Selbst bei stundenlangem Einsatz ermüden sie kaum, nicht einmal mich. Da die Schnüre inzwischen eine vielfach höhere Tragkraft haben, als noch vor zwanzig Jahren, kann man mit viel dünneren Schnüren fischen und braucht dadurch auch nur noch kleinere und leichtere Rollen. Wie klein und leicht das Gerät ausfällt, ist allerdings eine Frage des Preises. Für die Anschaffung einer hochwertigen Spinnausrüstung für leichtes, mittleres und schweres Fischen kann man alternativ auch einen Kleinwagen erwerben.

Einem alten Hasen hilft zudem natürlich die Erfahrung. Man muss halt wissen, wo der Hecht steht. Dies gilt insbesondere am Hausgewässer, das man in- und auswendig kennt. Hier erspare ich mir die endlosen Weitwürfe in die Mitte des Gewässers, mit denen Jung-angler und andere Dilettanten ihr Glück versuchen. Allein schon das Herankurbeln der schweren Köder wäre Gift für meine Schulter. Stattdessen schlenze ich lieber meinen Spinner unter einen überhän-genden Busch oder in eine Krautlücke. Über 90 Prozent meiner Hechte habe ich so in knietiefem Wasser zwei Meter vom Ufer ent-fernt gefangen. Selbst große Exemplare halten sich oft ufernah auf, da sich dort auch der Futterfisch befindet. Die Seemitte dagegen ist meist tot. Nur an wenigen Plätzen, wie etwa Sandbänken oder Kraut-bänken steht noch Fisch. Meine Methode erspart mir nicht nur weite Würfe und langes Herankurbeln, sondern führt oft auch zu schnellem Erfolg und verkürzt so die Angelzeit. An guten Plätzen bringt manch-mal schon der erste Wurf den Biss. Bringen dagegen zehn Versuche nichts, wechsle ich den Platz. Dann scheint der ansässige Hecht nicht in Frühstückslaune zu sein. Jeder weitere Wurf wäre nur Kraft-verschwendung.

Das schlimmste Handicap ist für mich allerdings die nachlassende Sehkraft, die auch nicht zu kompensieren ist. Seit ich eine Gleit-sichtbrille trage, brauche ich bei manchen Wetterverhältnissen über-haupt nicht mehr loszugehen. Gleitsichtbrillen haben den Vorteil, dass man mit ihnen sowohl nah als auch in der Ferne etwas sehen kann. Der Nachteil ist, dass man auf beiden Entfernungen nicht wirk-lich gut etwas erkennen kann. Besonders sieht man im Seitenbereich nur verschwommen. Gleiches gilt im Nahbereich, wenn bestimmte Entfernungen über- oder unterschritten werden. Im Arbeitsbereich der Hände lässt sich dadurch nur eine apfelgroße Fläche wirklich präzise erkennen. Im Dunkeln, wenn man auf eine Taschenlampe angewiesen ist, ist es kaum möglich, deren Lichtkegel genau auf diese Fläche zu lenken und zwar in einer Entfernung, auf der man noch etwas erkennt. Erst neulich habe ich eine Viertelstunde lang erfolglos versucht, meine Schnur durch das Öhr eines kleinen Wir-bels zu fädeln. Das Ganze wird nicht dadurch einfacher, dass einen ganze Horden von Mücken umschwirren und ungestraft stechen, weil keine Hand frei ist, die nach ihnen schlagen könnte. Entnervt gab ich schließlich auf und wählte einen Wirbel, der um fünf Nummern größer war.

Nur gut, dass ich nicht der einzige Blindfisch der Familie bin. Auch Carolin fehlt manchmal der richtige Durchblick, wie es sich im letzten Jahr gezeigt hat. Sie war mit ihren Freundinnen zu einem verlängerten Wochenende nach Wien gefahren und hatte dort unter anderem auch den Prater besucht. Eine ihrer Freundinnen machte ein schönes Handyfoto von meiner Frau vor dem Riesenrad. Dies Bild schickte Carolin via Handy an ihre Tante. Die bedankte sich mit der Rückfrage, ob unser Hund Benno gestorben sei. Das wiederum konnte sich meine Frau nicht erklären. Weitere Nachfragen ergaben, dass sie auf dem Display wegen ihrer Kurzsichtigkeit das Praterfoto mit einem Bild des schlafenden Benno verwechselt hatte. Die Tante wiederum hielt den Hund auf dem Foto für tot. Weshalb sollte man ihr auch die Ablichtung eines schlafenden Hundes übermitteln? Das kommt davon, wenn man zu eitel ist, seine Brille aufzusetzen.

Besonders hinderlich wirkt sich die nachlassende Sehkraft bei Wettangeln aus, die in den späten Abendstunden stattfinden. Die kann ich in der Regel als Totalverlust ausbuchen. Glücklicherweise bin ich aber nicht der einzige Brillenträger unter den Teilnehmern.

Trotzdem werde ich demnächst wohl auf die Seniorenveranstaltung ausweichen. Dort hat sich im letzten Jahr die Kuriosität ereignet, dass alle Teilnehmer mit exakt gleicher Punktzahl auf dem ersten Platz gelandet sind. Meine Nachforschungen haben ergeben, dass keiner der Senioren einen Fisch gefangen hatte, so dass jeder nur die 100 Punkte, die es für die Teilnahme gab, auf seinem Konto verbuchen konnte.

Unter diesen Bedingungen dürfte mir die Angelkrone sicher sein. Auch in den nächsten Jahren. Auch trotz Handicap.

Kapitel 15

Natur Pur

Angeltage sind immer verbunden mit Naturerlebnissen. Diese sind meist unspektakulär und eher besinnlich. Manchmal erlebt man allerdings auch Außergewöhnliches. Das sind die Sternstunden des Anglers.

Recht häufig sind Begegnungen mit den fliegenden Edelsteinen, den Eisvögeln. Sie sind nicht übermäßig scheu und glücklicherweise noch recht häufig. Allerdings muss man schon genau hinschauen, wenn so ein blauer Blitz über das Wasser fegt, denn sie sind ebenso schnell verschwunden, wie sie bereits aufgetaucht sind. Verhält man sich ruhig, kann man Glück haben, und der Eisvogel setzt sich auf die Rutenspitze. Die kleinen Burschen lieben erhöhte Plätze, von denen aus sie sich kopfüber ins Wasser stürzen, um gleich darauf mit einem fingerlangen Fischchen im Schnabel wieder aufzutauchen. Stört man ihn nicht, fischt er eine ganze Weile von unserer Angel aus.

Seltener sind dagegen die Begegnungen mit einem Mink, dem kleinen Bruder des noch selteneren Fischotters. Diese kleinen Marder halten sich immer am Wasser auf und suchen dort, wenn sie nicht gestört werden, auch tagsüber nach Nahrung. Erst neulich konnte ich am Mittellandkanal so einen possierlichen Kerl ausgiebig beobachten. Ich saß gegenüber dem Hafen an der trichterförmigen Einmündung eines Einlaufes, der ringsum mit hohen Spundwänden versehen war. An meiner Angel tat sich nichts und so beobachtete ich die Radfahrer auf der Hafenseite. Plötzlich hörte ich einen lauten Plumps und sah kurz darauf ein Tier im Wasser schwimmen. Ein Radler hatte den Vorfall ebenfalls bemerkt und blickte in den Kanal. „Ratte" rief er mir zu und fuhr weiter. Ich teilte seine Meinung nicht, denn das Tier schwamm jetzt ziemlich zügig die etwa 70 Meter über den Kanal, viel schneller als eine Ratte dies vermocht hätte, und zwar genau auf die trichterförmige Einmündung zu. Jetzt erkannte ich den Mink. Mir war klar, dass er das Wasser nicht an der Spundwand verlassen konnte sondern nur seitlich davon. Also verhielt ich mich mucksmäuschen still. Der kleine Schwimmer drehte noch eine Runde, merkte, dass die Wände für ihn zu hoch waren und kletterte unmittelbar vor meinen Füßen ans Ufer. Dort verharrte er einen Moment, stufte mich als offenbar harmlos ein und hoppelte auf Armeslänge an mir vorbei die Böschung hinauf. Oben angekommen drehte er sich um und warf noch einen letzten Blick auf mich, als wollte er sagen „War doch gar nicht so schlimm!" Dann verschwand er.

Nun sind Marder in erster Linie nicht possierlich, sondern trotz ihrer geringen Größe, arge Räuber. Dies hat uns einmal ein Mauswiesel, der kleinste Vertreter der Familie der Marder eindrucksvoll demonstriert. Ihren Namen haben sie daher, weil sie nicht viel größer sind als eine Maus, vielleicht ohne Schwanz knapp 20 cm lang und dabei so schlank, dass sie in ein Mauseloch passen.

Max und ich waren an einem Wintertag mal wieder am Wasser, um den Hechten nachzustellen. Als Platz hatten wir uns den Bootssteg der DLRG ausgesucht. Es war entsprechend der Jahreszeit schon sehr kalt und daher waren wenig Spaziergänger unterwegs. Wir saßen, wie so oft, auch etwas entfernt von den Hauptwanderwegen.

Plötzlich sahen wir ein Wildkaninchen in höchster Panik auf den Steg zulaufen. Zunächst konnten wir keinen Grund für die rasante Flucht ausmachen. Erst als das Tier näher kam, entdeckten wir, im Gras kaum erkennbar, den Verfolger. Ein Mauswiesel hatte das Kaninchen, das mindestens zehnmal so groß war als der kleine Räuber, zur Hauptmahlzeit auserkoren. Nur fünf Meter von uns entfernt holte es seine Beute ein und verbiss sich in deren Kehle. Nun begann ein

Kampf auf Leben und Tod, dessen Zeugen wir wurden. Max war damals erst acht Jahre alt und beobachtete gebannt das ungleiche Duell. Das Kaninchen schrie wie am Spieß und versuchte seinen Angreifer abzuschütteln. Es sprang hin und her, wälzte sich am Boden und sprang mehrfach einen Meter hoch in die Luft. Das kleine Wiesel wurde völlig unkontrolliert hin- und hergeschleudert, prallte auf den Boden und wurde durch die Luft gewirbelt. Aber je mehr es von seinem Gegner herumgewirbelt wurde, desto verbissener klammerte es sich an dessen Kehle. Nach und nach wurde die Gegenwehr des Kaninchens schwächer, immer mehr erlahmten seine Kräfte und seine Schreie gingen schließlich in ein leises Fiepen über. Dann war der Kampf entschieden. Das Opfer rührte sich nicht mehr. Der Sieger hielt seine Beute jedoch zur Sicherheit immer noch im Griff.

Max und ich hatten uns nicht gerührt. Es wäre uns auch nicht in den Sinn gekommen, der Natur ins Handwerk zu pfuschen und dem Kaninchen in seiner Not zu helfen. Der kleine Räuber mit dem großen Kämpferherzen hatte seine Beute redlich verdient. Deren Fleisch würde er brauchen, um selbst den Winter gut zu überstehen. Doch soweit war es noch nicht.

Das tote Langohr lag einen Meter vom Steg entfernt auf einer freien Fläche. Hier würden Hunde und Raubvögel dem Jäger die Mahlzeit streitig machen. Dies schien das Wiesel zu wissen, denn es begann wie ein Berserker an dem Kadaver zu zerren, um ihn in Sicherheit zu bringen. Zentimeter um Zentimeter schleppte es seine Beute zu einer etwa fünf Zentimeter breiten Spalte auf dem Steg. Dort angekommen versuchte es, den fetten Mümmelmann durch die kleine Spalte zu drücken. In meinen Augen ein hoffnungslosen Unterfangen. Der kleine Kämpfer war jedoch nicht gewillt aufzugeben. Er zerrte, schob und drückte solange, bis er es nach einer halben Stunde endlich geschafft hatte und das Kaninchen vollständig verschwunden war. Was für einen Kampf hatte das Wiesel geliefert, welche Schwerstarbeit geleistet. Stellen Sie sich vor, Sie müssten einen 20-

Zentner-Bullen mit einem Schweizer Offiziersmesser erlegen und dann durch die Seitentür in ihren PKW hieven. Sie wären verhungert, bevor Sie Ihr erstes Steak gegessen hätten. Voll Hochachtung vor dem kleinen Kerl verließen wir leise unseren Platz, damit er sich in Ruhe stärken konnte.

Ein anderes Mal hatten Max und ich ein Erlebnis mit einem unglaublich gefräßigen Räuber. Wir saßen im Frühjahr am Teich und stippten auf Weißfische, die wir braten und sauer einlegen wollten. Es biss ganz gut und wie immer herrschte Wettkampfstimmung zwischen uns. Daher reihten wir beide nebeneinander unsere Fische nach Größe geordnet auf. Wir hatten beide so an die 15 Fische gefangen und ich kann ehrlich nicht sagen, wer damals in Führung gelegen hat. Zum Braten reichte unsere Beute jedoch allemal und da das Wetter schön war und wir nach dem langen Winter noch nicht wieder nach Hause wollten, stromerten Max und ich etwas am Wasser entlang, blieben aber immer in Sichtweite unserer Ruten. Auch blieben wir nicht lange, vielleicht ein Viertelstündchen. Bei unserer Rückkehr mussten wir dennoch mit Schrecken feststellen, dass die Reihe mit meinen Fischen komplett verschwunden war, hingegen die Fische meines Sohnes nach wie vor fein säuberlich aufgereiht im Gras lag. Selbstverständlich erklärte sich Max daraufhin spontan zum Tagessieger. Wir konnten nie aufklären, welcher Räuber sein Unwesen getrieben hatte. Welches Tier, denn Menschen konnten wir ausschließen, konnte hier in einer Viertelstunde 15 Fische klauen. Und weshalb war die eine Reihe komplett weg, die andere dagegen völlig unangetastet? War es der Yeti von Reinhold Messner? Oder vielleicht doch ein Alien? Ich werde Erich von Dänicken fragen müssen.

Manche Begegnungen mit der Natur sind nicht nur unerklärlich, sondern auch etwas unheimlich.

Von meinem Konfirmationsgeld hatte ich mir ein Zelt gekauft, da unser Verein über einen direkt am Teich gelegenen Campingplatz verfügte. Dort wollte ich einen Teil meiner Schulferien verbringen.

Leider konnte sich keiner meiner Freunde für einen mehrtägigen Angelurlaub erwärmen, so dass ich das Zelt ganz für mich allein hatte. Zwar gab es noch andere Camper vor Ort, etwas mulmig war mir aber doch zumute. Dennoch verliefen die Tage ungestört und ich hatte meinen Spaß als Selbstversorger. Hauptsächlich gab es Dosenfutter, also Ravioli oder ähnliches, auch heute noch bei Jugendlichen ein beliebtes Essen. Aufgebessert wurde die Kost durch frisch gefangenen Fisch. An der frischen Luft schmeckt es bekanntlich am besten und so türmte sich hinter meinem Zelt schon nach wenigen Tagen ein ganz beachtlicher Müllberg auf, den ich am letzten Tag entsorgen wollte.

Am vorletzten Abend hatte ich bis in die Dunkelheit hinein auf Aale geangelt und es mir dann nach einem kleinen Imbiss im Zelt gemütlich gemacht. Ich war kurz vor dem Einschlafen, als ich draußen ein Kraspeln hörte. Sofort war ich hellwach und lauschte. Nichts. Vielleicht hatte ich schon geträumt. Ich legte mich wieder hin. Plötzlich ein ohrenbetäubendes Gepolter. Senkrecht stand ich im Bett, und das Herz rutschte mir in die Hose. Da, schon wieder! Es kam von der Rückseite des Zeltes. Vielleicht war der Eingang noch frei von Feinden?

Hier hieß es, allen Mut zusammenzunehmen und so schnappte ich meine Taschenlampe und ein großes Messer und öffnete leise den Reißverschluss. Immer noch kamen Geräusche von hinten. Wer oder was machte sich dort zu schaffen? Ich trat die Flucht in Richtung Anglerheim an. Da mir niemand folgte, verhielt ich nach wenigen Metern an und schaute in Richtung Zelt. Zumindest in Kopfhöhe war nichts zu erkennen. Allzu groß konnte mein Widersacher also nicht sein. Ein Blick seitlich um das Zelt, um zu schauen, ob sich dort jemand verborgen hielt. Nichts zu sehen. Aber was hatte den Lärm verursacht? Vorsichtig schlich ich mich näher, das Messer in der Rechten griffbereit. Da war es wieder, direkt vor meinen Füßen. Im Licht der Taschenlampe sah ich dann den Störenfried. Ein fetter Igel machte sich auf der Suche nach Futter an meinem Müllberg zu schaffen und hatte diesen zum Einsturz gebracht und durchwühlte jetzt die klappernden Dosen. Den Stein von meinem Herzen konnte man meterweit plumpsen hören.

Ein ähnliches Erlebnis ereignete sich ein paar Jahre später am Nachbargewässer. Dort saß ich nachts friedlich beim Aalangeln. Früher waren die Nächte ohnehin ruhiger und dunkler als heutzutage, da noch nicht so viele Autos fuhren und die Streustrahlung von Städten und Dörfern geringer war. In einer ruhigen und dunklen Nacht nimmt man dann Geräusche viel intensiver wahr. Auch ist der Gehörsinn, da man nichts sehen kann, geschärfter als am Tage. Man sagt ja, dass Blinde besser hören können. Vermutlich konzentrieren sie sich nur mehr auf ihre Ohren. Ein ähnlicher Effekt tritt wahrscheinlich ein, wenn man in der Dunkelheit allein draußen ist.

Früher hatte man es auch nicht so bequem. Karpfenliegen, auf denen man gemütlich ausgestreckt die Nacht verbringen konnte, gab es nicht. Wer auf ein Rad angewiesen war, hatte meist nicht einmal einen Stuhl dabei und saß auf einer Jacke oder einem Handtuch.

Auch ich hatte mir einen Platz auf dem Boden zurechtgemacht und zwar so, dass ich mit dem Rücken schräg auf der Böschung liegen und den Sternenhimmel betrachten konnte. Irgendwann im Laufe der Nacht lassen die Bisse nach und man kann sich zurücklehnen, vor sich hinträumen und die Sternschnuppen und Satelliten zählen. Meist schläft man dann ein. Ich war zumindest kurz davor, als plötzlich einen Meter neben mir ein fürchterliches Gepolter einsetzte. Es hörte sich an, als ob eine Rotte Wildschweine durch das Unterholz bricht. Im Scheinwerferlicht sah ich rasch, dass ich mir keine Sorgen zu machen brauchte. Eine etwa zwölfköpfige Entenfamilie hatte den Teich gewechselt und war unter lautem Geschnatter und Geraschel die Böschung hinuntergerutscht und zwar so, dass sie fast auf meinem Kopf gelandet wären. Einen schönen Schrecken hatten sie mir dabei eingejagt.

Von allen Naturerlebnissen finde ich persönlich die Landung von Schwänen im leichten Morgennebel am schönsten. Wenn es diesig ist, wirkt die Welt ohnehin etwas unwirklich, wie in Watte gepackt. Die weißen Schwäne sieht man im Dunst zunächst nicht, sondern hört das lauter werdende Schwingen der Flügel vor der Landung und dann das Rauschen des Wassers, wenn sie auf dem See niedergehen. Und dann tauchen sie majestätisch aus dem Nebel auf, märchenhaft schön, besonders wenn man Glück hat, dass es gleich sieben oder zwölf Tiere sind. Einfach unvergesslich!

Kapitel 16

Von Enten und Fischen

Was haben Enten und Fische miteinander gemein? Auf den ersten Blick nicht viel. Bei näherer Betrachtungsweise gibt es jedoch eine Vielzahl von Übereinstimmungen.

So schmecken beide kross gebraten am besten. Mit einem trockenen Riesling. Die Sitte, zur Ente einen Rotwein zu kredenzen, finde ich barbarisch, zumal man auch die Soße mit Weißwein abschmeckt. Dass es „White wine with the fish" sein muss, weiß seit „Dinner for one" ohnehin jedes Kind.

Auch ähnelt der Kopf eines Hechtes, insbesondere das Maul, dem Schnabel einer Ente, weshalb diese Fische gelegentlich als „Enten-schnäbel" bezeichnet werden.

Enten und Fische leben bevorzugt im Wasser und vollziehen dort nicht nur kleine und große Geschäfte, sondern auch ihren Paarungs-akt. Deshalb trinke ich Wasser nur in Notfällen. Außerdem vermeh-ren sich beide Gattungen mittels Eiern, bei Fischen Laich genannt.

Beiden gemeinsam ist zudem ein gesundes Misstrauen gegenüber Anglern. Bei den Fischen ist dies durchaus verständlich, da wir ihnen gezielt nachstellen. Enten und andere Wasservögel werden dagegen meist unbeabsichtigt Beute eines Petrijüngers. Insbesondere beim Angeln mit Schwimmbrot, einer Methode, bei der mehrere Stücken Weißbrot ins Wasser geworfen werden, von denen eines unseren Haken enthält, kann es vorkommen, dass sich ein gefiederter Freund an unserem Köder vergreift. Das ist für den Angler eine äußerst peinliche Situation, da sich binnen kürzester Zeit eine Menschentraube um unseren Sportsfreund bildet, während er den laut quakenden Vogel an Land kurbelt und vom Haken befreit. In der Regel wird er dabei nicht nur von der Ente, oder schlimmer noch vom Schwan, gebissen, sondern auch von den Zuschauern mehr oder weniger wüst bepöbelt. Eigentlich kann er nach diesem Vorfall nur noch seine Sachen packen und Hals über Kopf das Weite suchen. Und hoffen, dass kein militanter Tierschützer in der Nähe ist. Besonders groß ist das Misstrauen, wenn ich der Angler bin und es sich um meine Enten bzw. mein Geflügel handelt. Dabei zeigen die Tiere in der Regel überhaupt keine Scheu vor mir, so dass ich fast über sie falle, wenn ich durch das Gehege gehe, weil sie sich nicht bequemen, mir aus dem Weg zu gehen. Das ändert sich schlagartig, wenn ich einem Exemplar den kürzesten Weg zur Küche zeigen will. Das Federvieh ahnt dann meine bösen Absichten, auch wenn ich mich völlig unauffällig verhalte.

Bei Gänsen verwundert dies nicht, da sie entgegen ihrem Ruf recht intelligent sind. Die Bezeichnung „Dumme Gans" ist daher völlig unpassend. Außerdem sind sie von Natur aus sehr scheu. Wahrscheinlich wissen sie, was sie als Weihnachtsgans wert sind. Deshalb sind sie auch als erste verschwunden, wenn ich mich mit hungrigen Augen dem Gehege nähere.

Ähnlich clever sind Hühner, obwohl sie sehr anhänglich und zahm werden und einem schon nach kurzer Zeit aus der Hand fressen. Auch sind sie stets hungrig, so dass sie einen fast anspringen, wenn man sich ihnen nähert. Zudem sind sie ziemlich flink und immer agil. Fünf Hühner können in einer Stunde mehr Erde wegscharren als ein Arbeiter mit einer Schaufel. Obwohl die Mistkratzer eigentlich wenig zu befürchten haben, da ich sie wegen der Eier halte, sind auch sie ruckzuck verschwunden.

Etwas träger sind da schon die Enten, da auch sie leicht handzahm werden. Max füttert sie regelmäßig stundenlang aus der Hand und freut sich, wenn sie jeden Tag fetter werden. Wenn sie allerdings merken, dass ich sie in eine Ecke treiben will, nehmen sie Reißaus. Enten sind, einmal aufgescheucht, sehr schnell, so dass mir Max meist helfen muss. Wir schnappen sie dann mit einem großen Kescher. Auch das haben sie mit den Fischen gemein.

Tiere spüren offenbar instinktiv die Gefahr, wenn man sich ihnen in übler Absicht nähert, etwa mit dem Schlachteimer in der Hand, wohingegen sie keinerlei Furcht zeigen, wenn man mit einem Eimer voll Futter kommt. Ein ähnliches Verhalten zeigen die Tiere in der Savanne. Ein satter Löwe kann mitten durch eine Herde von Zebras gehen, ohne dass diese Notiz von ihm nehmen. Gefahr droht, wenn der Räuber sich anschleicht, nicht wenn er offen über das Feld latscht. Ich werde dieses Prinzip wohl mal beim Angeln anwenden. Statt auf Zehenspitzen werde ich mich meinem Platz nähern wie ein Elefant im Porzellanladen, etwas mit meinen Gerätschaften herum-klappern und sicherheitshalber noch ein paar Steine ins Wasser wer-fen. Vielleicht zerstreut das die Bedenken der misstrauischen Flos-senträger.

Die angeborene Vorsicht fehlt offenbar nur den mit Abstand dümm-sten aller Tiere, den Blondinen der Tierwelt, den Puten. Diese sind derart dämlich, dass man es kaum beschreiben kann und gefräßig ohne Ende, so dass sie immer noch einen letzten Blick in den Schlachteimer werfen wollen. Den allerletzten Blick. Puten fressen wirklich fast alles, angefangen von Küchenabfällen über Brennesseln bis hin zu jungen Spatzen, wenn diese sich erwischen lassen. Einige behaupten, Puten würden keine Steine, Nägel oder Scherben fres-sen. Das stimmt nicht. Dererlei Köstlichkeiten finde ich regelmäßig in ihren Mägen. Außerdem sind diese Vögel so blöd, dass sie gele-gentlich mit dem Kopf vor eine Wand laufen oder in einem Wassereimer ertrinken, aus dem sie eigentlich saufen wollten. Wie sie das schaffen, weiß ich auch nicht. Meistens kippen sie den Eimer beim Trinken nur um. Fest steht jedoch, dass sie zu dumm zum

Fliehen und somit leicht zu fangen sind. „Leicht" ist dabei relativ, denn ein ausgewachsener Puter bringt es locker auf einen halben Zentner und ist zwar blöd, aber keineswegs schwach, so dass er einem fast die Arme auskugelt, wenn man ihn an den Flügeln hält. Dafür ergibt er, wenn man ihn erst einmal in der Pfanne hat, eine satte Portion, die für einen ganzen Kegelclub reicht. Alles schon ausprobiert.

Wenn Sie mich nun fragen, welche Tiere ich bevorzuge, Enten oder Fische, so muss ich Ihnen sagen, dass dies ganz auf die Gelegenheit ankommt. An der Angel hätte ich lieber einen kapitalen Fisch als einen quakenden Vogel, auf dem weihnachtlichen Mittagstisch allemal lieber eine fette Flugente oder gar eine Gans. Eine kross gebratene Gans ist immer noch das beste Gemüse.

Daraus resultiert die nunmehr letzte Gemeinsamkeit zwischen den Flossenträgern und dem Wassergeflügel. Man sagt, dass ein Fisch dreimal schwimmen muss, einmal im Wasser, einmal in Soße (oder Butter) und ein letztes Mal in Wein. Das trifft auch auf Enten zu.

Kapitel 17

Kulinarisches

Ich hoffe, dass Ihnen bei meinen Ausführungen im letzten Kapitel bereits das Wasser im Munde zusammengelaufen ist. Sie werden es jetzt brauchen können.

Ich koche gern. Einfach muss es sein und deftig. Meine 100 Kilogramm Lebendgewicht kommen nicht von ungefähr und wollen gepflegt sein. Da sind schon einige Gänsebraten nötig. Wenn wir eine Weihnachtsgans auf den Tisch bringen, dann wollen wir Gans essen und keine Äpfel, Maronen, Brotkrümel oder ähnliche, als Füllung geeignete Spezialitäten. Die braucht man nur, wenn der Vogel zu klein oder die Anzahl der geladenen Gäste zu groß ist. Ein altes Dichterwort, das in dieser oder ähnlicher Form überliefert ist, besagt, dass die Gans ein komischer Vogel ist, da sie für einen zuviel und für zwei zu wenig ist. Angeblich von Wilhelm Busch. Das konnte ich nicht verifizieren, würde es ihm aber zutrauen. Er galt als großer Gänsefreund.

Tatsache ist, dass die Menschen früher durchaus eine ganze Gans verdrücken konnten, ohne sich Gedanken über ihre Figur oder ihre Galle machen zu müssen. Damals waren eben stattliche Menschen gefragt und keine Magermodels oder Hungerhaken. Wie gut hätte ich in diese Zeit gepasst! Heute habe ich es da schwerer und so muss ich meine Braten eben mit der Familie teilen. Da reicht so ein Vogel auch mal für sechs Personen. Man muss dann eben eine Kartoffel und einen Löffel Rotkohl mehr essen. Bloß keine Füllung.

Unser traditionelles Rezept ist einfach. Die Arbeiten beginnen bereits am Vortag. Der Vogel sollte um die sechs Kilogramm mitbringen, damit man nicht zu viele Kartoffeln essen muss. Da ich davon ausgehe, dass Sie Ihre Gans nicht selbst schlachten und ausnehmen, rate ich Ihnen zumindest, den Beutel mit den Innereien aus der Bauchhöhle zu entfernen. Es schmeckt sonst zu komisch. Die Gans wird dann innen und außen kalt abgespült und anschließend nur von innen mit einem guten Teelöffel voll Salz eingerieben. Das war es auch schon. Die Innereien können Sie für Ihren Hund oder Ihre Katze kochen.

Die Gans kommt jetzt mit einem Liter Wasser in den Gänsebräter und zwar mit der Bauchseite nach unten. Das Ganze für zweieinhalb Stunden in den auf 180 Grad vorgeheizten Backofen schieben. Der Braten wird alle halbe Stunde mit dem Bratensaft beschöpft und nach eineinhalb Stunden auf den Rücken gedreht, damit auch die andere Seite braun wird. Nach zweieinhalb Stunden ist der Vogel gar und wird kalt gestellt.

Am nächsten Tag muss der Vogel wieder in den vorgeheizten Backofen, erneut mit der Brust nach unten. Es muss wahrscheinlich auch noch ein halber Liter Wasser zugegeben werden. Nach einer halben Stunde wird der Vogel nochmals auf den Rücken gedreht und eine weitere Viertelstunde gebraten.

Die Gans wird aus dem Bräter genommen und von allen Seiten mit stark gesalzenem, kalten Wasser eingepinselt, damit sie schön kross wird. Mit dem Pinsel wird dann der Bratensatz vom Rand des Bräters gelöst, damit die Soße schön braun wird. Der Bratensaft füllt man in ein hitzebeständiges Gefäß. Die Gans auf dem Rücken liegend wieder in die Pfanne geben, eine halbe Tasse heißes Wasser auf den Boden geben und bei 225 Grad nochmals für eine Viertelstunde in den Ofen. Der Vogel ist gut, wenn er knusprig und braun ist.

Währenddessen wird das überschüssige Fett abgeschöpft vom Braten-

fond. Ein bis zwei Esslöffel kommen an den nach Vorschrift zuberei-
teten Rotkohl und zwei bis drei Esslöffel in den Topf, in dem die
Soße zubereitet wird. Jeweils ruhig einen Löffel mehr, schließlich ist
ja Weihnachten. Aus dem Fett für die Soße und Mehl bereitet man
eine klassische Mehlschwitze. Dazu wird das Fett erhitzt und soviel
Mehl (etwa drei Esslöffel) hinzu gegeben, dass eine sämige Flüssig-
keit entsteht, die noch einen Moment weiter erhitzt wird. Jetzt gießt
man die Bratenflüssigkeit durch ein Sieb und gibt sie nach und nach
zur weiter erhitzten Mehlschwitze und zwar unter kurzem Aufkochen
so lange, bis die gewünschte Konsistenz der Soße erreicht ist. Sollten
Klumpen auftreten, lassen sich diese beseitigen, indem man das
Ganze kurz mit einem Schneebesen durchrührt. Die Soße wird noch
mit Salz und einem trockenen Riesling abgeschmeckt und zusammen
mit dem Rotkohl und Kartoffeln zur Gans serviert. Lecker. Und da
Sie den Riesling ohnehin schon offen haben, können Sie ihn auch
zum Essen reichen.

Man kann den Braten selbstverständlich auch in einem Rutsch zubereiten. Der Vogel muss dann etwa drei Stunden im Ofen bleiben.

Bei dem überschüssigen Fett handelt es sich um Gänseschmalz, das
gut mit Salz auf Graubrot schmeckt. Im Kühlschrank wird es fest,
bei Zimmertemperatur wird es flüssig. Gibt man etwas geschmolze-
nes Schweineschmalz dazu, bleibt es auch bei Zimmertemperatur
streichfähig.

Auf die gleiche Art und Weise bereite ich übrigens auch meine Enten
zu. Nur einmal habe ich mich zu einem anderen Rezept hinreißen lassen und mich an einer Peking-Ente versucht. Das Ergebnis war kläglich. Anstatt die Kochversuche erst mal an Max und Carolin auszuprobieren, hatte ich unvorsichtigerweise noch meine Mutter und
meine Schwiegereltern eingeladen und einen entsprechend großen
Erpel ausgewählt. Diesen musste ich bereits am Vortag mit einer
Marinade aus Honig, Ingwer und Sojasoße bepinseln und in Alufolie
einwickeln. Das weitere Rezept war offensichtlich für eine kleine

Ente aus dem Supermarkt ausgelegt und nicht für einen Flugenten-
erpel vom Format eines Flugsauriers. Jedenfalls wurde mein Braten
nicht gar, so dass allen schon der Magen knurrte. Außerdem wurde
der Vogel durch die Marinade immer dunkler. Als ich ihn nach vier
Stunden endlich auf den Tisch brachte, war er bereits schwarz wie
ein Rabe. Dennoch haben ihn alle tapfer gegessen. Der Hunger treibt
es nach langem Warten eben doch rein. Seither bereite ich mein
Geflügel nur noch auf traditionelle Art und Weise zu.

Seit ich verheiratet bin, muss ich allerdings dringend davon abraten,
selbst gemachte Knödel zur Gans zu servieren, obwohl dies häufig
empfohlen wird. Carolin ist ein großer Knödelfan und hatte sich vor
etlichen Jahren bereit erklärt, diese als Beilage herzustellen, um meinem Braten den richtigen Glanz zu verleihen. Tatsächlich begann sie
bereits ab Mittag, in der Küche herumzuwerkeln. Einen Teil der
Kartoffeln kochte sie, den anderen Teil rieb sie in rohem Zustand.
Dann warf sie mich aus der Küche. Zur Abendbrotzeit hatte sie diese
dann in ein Schlachtfeld verwandelt. Ihre Klöße lagen aber auf einem
Teller zum Kochen bereit. Die Gans konnte also in die Röhre und
kam nach einer Stunde auf den Tisch. Stolz stellte Carolin ihren Topf
daneben und verschwand noch einmal mit der Bitte, dass ich ihr
schon mal reichlich Klöße auftun sollte. Ihrem Wunsch wollte ich
gerne nachkommen.

Nur befanden sich aber leider keine Knödel im Topf. Da half auch
alles Suchen nichts. Als Carolin zurückkehrte und ihren leeren Teller
vorfand wurde sie schon leicht ungehalten. Ihre Laune besserte sich
nicht gerade als sie in dem Topf herumfischte, in dem sich nur das
Kochwasser befand. Auf ihre Frage, wo denn die Klöße seien, konnte ich nur mit der Schulter zucken. Jetzt wurde Carolin richtig sauer,
da sie sich den ganzen Tag auf ihr Essen gefreut hatte und zwischenzeitlich ziemlich hungrig war. Außerdem vermutete Sie, entgegen
meinen Unschuldsbeteuerungen, einen üblen Scherz. Als ich trotz
aller Drohungen die Klöße nicht rausrückte, kamen ihr doch Zweifel.
Wir sahen dann noch mal in der Küche nach. Auch hier kein einziger

Knödel, dafür lag aber ein Deckel auf dem Herd. Die junge Hausfrau hatte die Klöße mit Deckel auf dem Topf sprudelnd gekocht, sodass sie irgendwann völlig zerfallen waren.

Aber so rasch gab sich Carolin nicht geschlagen. Da wir noch Gänsebraten übrig hatten, nahm sie gleich am nächsten Tag die Knödelproduktion wieder auf. Um die Konsistenz zu erhöhen gab sie dem Teig reichlich Mehl bei, eher schon überreichlich. Diesmal achtete sie darauf, ihre Produkte nur leise und ohne Deckel vor sich hinzuköchelten. Tatsächlich behielten die Klöße auch ihre Form. Sie waren fest und rund wie ein Gummiball und hüpften sogar etwas, wenn man sie auf den Boden fallen ließ. Am ehesten konnte man sie zum Tennisspielen gebrauchen. Genießbar waren sie nicht. Allerdings waren unsere Hühner reinweg verrückt nach der glibberigen Gummimasse und verputzten sie restlos. Die kluge Hausfrau kauft ihre Knödel seither nur von Pfanni. Immer, wenn sie diese zubereitet, gebe ich ein leises Gackern von mir und mache mich dann rasch aus dem Staube.

Ein besonderes Highlight sind meine Putenbraten. Obwohl ich schon Vögel von 25 Pfund in der Bratröhre hatte, fülle ich diese stets, da das magere Fleisch sonst trocken wird. Entsprechend fett fällt daher meine Füllung aus, die ich aus zwei Stücken Butter, vier Beuteln Reis, Wein, Äpfeln, angebratenen Zwiebeln und Unmengen Majoran anmische. Mit der Füllung wiegt das gute Stück dann über 30 Pfund und ist nicht einfach zu handhaben, zumal es im Ofen kaum Platz findet. Auch die Vorbereitung dauert lange. Zwei Tage benötigt man allein für das Auftauen des Vogels, mindestens sechs Stunden für das Garen. Das Ergebnis ist dann aber wirklich sehenswert. Eine solche gebratene Pute bringt man natürlich im Stück auf den Tisch damit sie von den Gästen gebührend bestaunt wird.

Wir mögen nicht nur unsere Gänse und Puten, sondern auch unsere Fische knusprig. Mit den typischen drei „S" werden die Filets vorbereitet, also säubern, säuern und salzen. Danach werden sie einmal in

Mehl gewendet und in heißem Öl gebraten. Butter verwenden ich nicht, da die Fische zu stark riechen und zu schnell schwarz werden.

Braune Butter mit Semmelbröseln gehört natürlich dazu. Schmeckt mit Meerrettich und Salzkartoffeln. Davon isst Max allein schon mal zwei Hechte. Noch schmackhafter sind natürlich Barsche. Die sammeln wir das ganze Jahr über, um dann zu zweit ein großes Essen zu veranstalten. Da insbesondere die Barsche meines Sohnes oft sehr kläglich ausfallen, verbraten wir so 50 bis 60 Stück. Viele Kartoffeln sind dann allerdings nicht mehr nötig. Die kann an diesem Tag Carolin mit Quark essen.

Besonders lecker ist auch Graved Lax, eine Fischspezialität aus Schweden. Im Gegensatz zu einer anderen „Delikatesse" aus Schweden, dem gefürchteten Surströmming, bei dem es sich um Heringe handelt, die man so lange in der Dose verfaulen lässt, bis sich der Deckel der Dose wölbt, und die so riecht und schmeckt, wie man es von einem faulen Hering eben erwartet, ist der gebeizte Lachs wirklich empfehlenswert. Deshalb verrate ich Ihnen auch das Rezept.

Man braucht zwei Lachsfilets (Lachsforelle tut es notfalls auch) mit Haut. Wem ein ganzer Lachs zu viel ist, der kann die Filets auch teilen lasse. Wichtig ist, dass die Stücke genau übereinander passen. Und frisch müssen sie sein, da sie roh bleiben. Also beim Fischhändler ausdrücklich Sushi-Qualität verlangen.

Pro Kilo Fisch vermische ich je drei Esslöffel Salz und Zucker mit einem Esslöffel gemahlenem weißen Pfeffer und bestreue die Fleischseite der einen Lachsseite dick mit der Hälfte dieser Mischung. Das Filet lege ich dann mit der Hautseite nach unten in eine lange flache Schüssel oder einen Gänsebräter. Dann wird der Fisch dick mit frischem Dill belegt.

Im Winter kann man sich notfalls auch mit getrockneten Dillspitzen behelfen. Auf dem Dill verteilt man jetzt die zweite Hälfte der Salzmischung. Nur einen Esslöffel voll bewahrt man auf. Nun packt man das zweite Filet mit der Fleischseite nach unten auf den Dill und zwar so, dass die beiden Filets genau übereinander liegen. Auf die obere Hautseite wird noch das restliche Salz verteilt und das Ganze mit Alufolie abgedeckt und kalt gestellt. Der Fisch muss nun noch beschwert werden, damit der Saft aus dem Fleisch austritt. Ich nehme dazu meist eine volle Bierkiste oder ein paar Hantelscheiben. 10 Kilo sollten es allerdings schon sein.

Der Fisch wird drei Tage lang gebeizt. Dabei wird er jeden Tag zweimal gedreht und mit der ausgetretenen Salzlake beschöpft, auch zwischen den Filets. Nach drei Tagen nimmt man den Fisch aus der Lake, entfernt den Dill und tupft den Lachs ab. Er wird nun in dünne Scheiben zerlegt, wobei man die unten liegende Hautseite nicht mit durchschneidet. Serviert wird die Köstlichkeit mit frischem Weißbrot, Butter und Senfsoße.

Für die Senfsoße verrührt man drei Esslöffel mittelscharfen Senf mit der gleichen Menge Zucker und je einem Esslöffel weißen Essig und der Salzlake. Schmeckt einfach himmlisch. Dazu passt ein trockener Sekt und ein Aquavit. Sollte tatsächlich etwas vom Fisch übrig bleiben: im Kühlschrank hält er sich etwa drei Tage.

Sollte Ihnen die Herstellung zu aufwendig erscheinen, steht es Ihnen natürlich frei, sich ersatzweise eine Dose Surströmming aufzumachen. Ihre Gäste werden es Ihnen danken. Die Reste sollten Sie allerdings nicht in Ihrem Kühlschrank aufbewahren, sofern sie diesen auch in Zukunft noch verwenden möchten.

Kapitel 18

Anglerlatein

Angler haben, wie schon erwähnt, einen höchst zweifelhaften Ruf, wenn es um den Wahrheitsgehalt ihrer Erzählungen geht. Sie unterscheiden sich hierin in keiner Weise von ihren nächsten Verwandten, den Jägern. Warum eigentlich wird in diesen Kreisen permanent und vor allem so schamlos gelogen? Einige Gründe und Tricks habe ich Ihnen ja bereits beschrieben. Diese erklären zumindest die zumeist harmlosen Schwindeleien gegenüber Nichtanglern. Meist will man hier nur die Gründe für den Misserfolg vertuschen, weil einem dieser peinlich ist. Richtig haarsträubend werden die Flunkereien erst gegenüber Angelkollegen.

So verdoppelt man zunächst einmal die Länge des letztens gefangenen Fisches, wenn man einem anderen Angler den Fang schildert. Man weiß halt, dass unser Gegenüber als erstes die Größe unserer Beute halbiert. Dies wiederum geschieht, weil er sich sicher ist, dass wir zuvor einen kräftigen Zuschlag vorgenommen haben. Beide Seiten sind sich also im Klaren darüber, dass der gefangene Hecht nur knapp das Mindestmaß erreicht hat, obwohl es der Schilderung nach der Fang des Lebens gewesen ist. Und man weiß auch, dass dies dem Gegenüber bekannt ist. Wozu also das Ganze?

Angeln gilt gemeinhin nicht als die spannendste aller Betätigungen. Böse Zungen behaupten sogar, es gäbe nur eine Sache, die noch langweiliger sei: Beim Angeln zuzuschauen. Wir selbst empfinden das selbstverständlich nicht so. Als Langweiler wollen wir aber selbstverständlich nicht gelten. Auch unsere Zuhörer möchten lieber eine spannende Geschichte hören. Der Erlebnisbericht über den Fang eines 20 Zentimeter langen Barsches vermag niemanden längere Zeit zu fesseln, mögen die Gesamtumstände bei der Landung noch so dramatisch gewesen sein. Erwischt man dagegen einen zehnpfündigen Zander, ist dies allein schon ausreichend, um unser Gegenüber zu fesseln und zu weitern Fragen über die Gesamtumstände des Erfolges zu verleiten. Und schon sind wir mitten in einem unterhaltsamen Fachgespräch. Je größer der Fisch, desto spannender die Unterhaltung. Diese Regel gilt nicht nur hinsichtlich der Größe, sondern auch für die Anzahl der gefangenen Schuppenträger.

Peppt man dann die Geschichte noch mit ein paar ungewöhnlichen Details auf, wird es richtig interessant. Da diese Einzelheiten ohnehin nicht nachprüfbar sind, werden hier den Fantasien des Angelfreundes keinerlei Grenzen mehr gesetzt.

Den Einfallsreichtum von Sportfreunden möchte ich ihnen anhand einiger Beispiele verdeutlichen. Das unsere Fische auf einem Foto deutlich größer wirken, als sie eigentlich sind, wenn man sie mit ausgestreckten Armen vor die Linse hält, ist kein wirkliches Geheimnis mehr. Hier erkennt man den Laien. Wirklich kapital wirkt unsere Beute, wenn wir sie schräg halten, den Kopf etwas näher an die Kamera rücken und das Ganze mit einem Weitwinkelobjektiv aufnehmen. So praktizieren es die Amateure. Ganz erfahrene Angellateiner achten bei Fotos allerdings immer auf die Hände des Anglers. Sehen diese aus wie Klodeckel, stimmt etwas nicht. Ganz Gewitzte, also Profis, versuchen daher den Fisch so zu halten, dass er die Hände verdeckt. Dazu schiebt man die Finger der einen Hand in den dem eigenen Körper zugewandten Kiemendeckel. Da unsere Beute glitschig ist, muss auch die andere Hand in einer Körperöffnung festen Halt finden. Ich bringe es einfach nicht übers Herz, Ihnen zu verraten, wohin man da den Finger steckt. Die verbale Auseinandersetzung mit dererlei Feuchtgebieten überlasse ich lieber Leuten wie Charlotte Roche, die in solchen Themen offenbar ihr Biotop gefunden hat.

126

Bis hierher ist die Sache aber noch harmlos. Es gibt jedoch Kollegen, deren Fänge man nicht einmal mit diesen Tricks aufwerten kann. Die sind sich nicht zu schade, mit ihrem Fotohandy einen kapitalen Karpfen aus einer Angelzeitschrift abzufotografieren, um ihn dann auf dem Display als eigene Beute zu präsentieren: „Den habe ich letzte Woche gezogen. Hatte 38 Pfund! Habe ihn aber wieder schwimmen lassen." Da das Bild dabei recht klein und unscharf ist, fällt dieser perfide Trick meist nicht auf. Weiterer Vorteil dieser Methode ist, dass man natürlich beliebig viele Fische fotografieren kann, und man das Handy immer dabei hat, und so jederzeit eine unbegrenzte Zahl von Fangerfolgen nachweisen kann. Trauen Sie daher keinen Handyfotos. Bei guten Fischen verlasse ich das Gewässer meist erst dann, wenn ich ihn einem Zeugen vorzeigen konnte. Die Geschichte macht dann von ganz allein die Runde.

Dauerndes Thema unter Sportfreunden ist auch der Verlust eines großen Fisches. Laienhaft ist eine Erklärung des Verlustes mit schadhaftem oder unterdimensioniertem Gerät. Selbst Schuld, wer mit zu billiger Rolle oder zu dünner Schnur angelt! Für die Amateurliga reicht es hingegen schon, einige Umstände hinzuzuerfinden, die unverdientes Pech glaubhaft machen, etwa eine im Wasser nicht erkennbare Wurzel oder hinderliches Schilf, die unserem Flossenträger im letzten Moment zur Freiheit verhalfen. Profis geben dagegen gern Dritten die Schuld: „Ich hatte den Hecht schon völlig ausgedrillt am Ufer. Und was macht Charly? Fummelt solange mit dem Kescher herum, bis er die Schnur gekappt hat. Schade drum!"

Das klingt sogar sehr glaubhaft, da tatsächlich sehr viele gute Fische beim Keschern durch Dritte verloren gehen. Grund ist häufig die Unerfahrenheit oder Aufregung des Helfers, mindestens genau so häufig aber dessen Missgunst. Ich kenne genügend Erzählungen von „Nichtfängen", bei denen man dem „Helfer" zu Recht böse Absicht unterstellt hat.

Auch Max konnte erst neulich nur mit viel Glück den Verlust einer starken Forelle vermeiden. Da er ungern allein angelt, hatte er zwei Freunde zum Forellensee mitgenommen, die ihm Gesellschaft leisteten und auch selbst etwas angelten. Max hatte schon zwei Portionsforellen gefangen, als ihm ein richtig Großer auf den Spinner ging. Zwischenzeitlich ist er erfahren genug und so drillte er den Fisch problemlos aus. Etwas übertrieb er es dabei, weil er den Fisch keinesfalls verlieren wollte, und daher rührte sich die Forelle kein Stück mehr, als sein Freund Patrick ihn schließlich keschern wollte. Trotzdem schaffte es Max' Kumpel, den Fisch so zu verfehlen, dass sich dieser außerhalb des Netzes mit dem Haken im Kescher verfing. Der Haken löste sich sofort aus dem Fischmaul und das Abendessen glitt in die Tiefe. Patrick war in diesem Moment nicht weit von einem blauen Auge entfernt. Doch die völlig erschöpfte Forelle nutzte ihre Chance nicht, sondern ruderte langsam ins flache Wasser. Max sprang sofort barfuss und mit dem Kescher bewaffnet in den See und rettete seinen Fang doch noch. Immerhin wog der Fisch vier Kilo.

Einen guten Fisch muss man allein landen, nur dann hat man ihn auch verdient. Und riskiert nicht, ihn zu verlieren.

Ein ewiges Thema ist auch die Köderfrage. Manch einer schreckt hier auch vor skurrilsten Behauptungen nicht zurück. So hat beispielsweise ein Kollege, als ich ihm erzählte, dass ich beim Aalangeln, auf Mückenspray völlig verzichte, damit dieses nicht über die Hände an den Köder gerät, allen Ernstes behauptet, er würde seine Würmer immer mit Autan besprühen, weil die Schlängler erst dann richtig beißen würden. Diese Behauptung ist derart lächerlich, dass ich sie unkommentiert lasse.

Eine andere völlig unglaubliche Methode hat mir ein Sportfreund vor 25 Jahren erklärt. Statt mit Mais, Kartoffeln oder Brötchenteig angelte er mit pflaumengroßen, steinharten Kugeln, die er mit einem Haar am Haken befestigt hatte, auf Karpfen. Ich glaubte, dass sich nie ein Fisch an diesen ungenießbaren Brocken vergreifen würde, galt es damals noch als eherne Weisheit, dass Karpfen nur weiche Köder einschlürfen. Heute ist das die gängigste Art, auf die Muffmolche zu fischen. Die dabei verwendeten Köderkugeln nennt man Boilies und die Montage mit dem Haar „Hair-rig". So kann man sich irren. Manchmal steckt auch hinter den unglaublichsten Geschichten ein Stück Wahrheit. Vielleicht muss ich meine Würmer doch noch mit Autan einsprühen.

Die Sache mit den Boilies hat sich scheinbar zwischenzeitlich verselbstständigt. Unzweifelhaft werden mehr und mehr richtig fette Karpfen mit diesem neuen Köder gefangen. Kein Wunder, ist er doch sehr nahrhaft, proteinreich und in über 20 Geschmackssorten erhältlich. Zudem können die harten Kugeln nur von wirklich großen Fischen gefressen werden. Sie sind also sehr selektiv. Der eigentliche Grund aber ist vermutlich, dass die Fische mit diesem Lockköder regelrecht gemästet werden. So wirft ein Angler etwa 10 Tage lang täglich einen Eimer voll mit diesem Futter in den Teich, bevor er zum ersten Mal auf Karpfen ansitzt. Gleiches tun seine Kollegen. Da kommen riesige Mengen zusammen, die den Fischen eine neue Nahrungsquelle erschließen. Die Tiere gewöhnen sich derart daran, dass sie die Köder weiterhin nehmen, selbst wenn sie zwischenzeitlich gefangen und zurückgesetzt wurden. Da man die Muffmolche auf Grund des Schuppenmusters gut unterscheiden kann und die Sportfreunde ihre Fänge immer fotografieren, wurde festgestellt, dass manche Fische immer wieder an die Angel gehen. Einigen hat man sogar schon Namen gegeben. Den Weltrekord hält, wie könnte es anders sein, ein englischer Karpfen mit über 60 dokumentierten Wiederfängen. Und das ist kein Anglerlatein.

Auch meinen Vater hat ein Angler aus dem Harz einmal gehörig aufsitzen lassen. Durch Bad Lauterberg fließt die Oker. Dort standen Fliegenfischer und gingen, bis zur Hüfte im Wasser stehend, ihrem Hobby nach. Die Fliegenfischerei mutet, insbesondere Außenstehenden, etwas seltsam an. Schwer, das zu beschreiben. Wenn Sie wissen möchten, wie seltsam, schauen Sie sich bei Gelegenheit den Film „Aus der Mitte entspringt ein Fluss" an. Es geht zwar um die

Angelei, ist aber – und darüber werden sich die Damen freuen – mit Brad Pitt.

Mein Vater wurde also neugierig und wollte einen Blick auf den Köder werfen. Fliegenfischer angeln, und daher rührt der Name, mit künstlichen Fliegen. Diese machen schon in fabrikneuem Zustand nicht viel her. Nass und im Einsatz wirken sie wie ein größerer Fussel. Auf Nachfrage erklärte der Sportfreund, dass in der Oker so viele Forellen seien, dass das Angeln mit Wurm und Haken dort nicht erlaubt sei. Zur Schonung des Bestandes sei nur die Verwendung eines Knotens ohne Haken als Köder zulässig. Nunmehr solcher Art aufgeklärt, zog mein Vater zufrieden von dannen. Die Kollegen werden ziemlich gefeixt haben.

Kapitel 19

Aalnächte

Aalnächte zählen zu den schönsten und romantischsten Erlebnissen der Angelei. Aale fängt man meist in der warmen Jahreszeit und bevorzugt in lauen oder gewittrigen Nächten. Sofern man über das nötige Sitzfleisch verfügt und zu Hause frei bekommt, angelt man die ganze Nacht durch. Die Schlängler haben oft eine Beißphase mit Beginn der Dämmerung, eine zweite nach Mitternacht und eine dritte im Morgengrauen. Meist beißen sie allerdings überhaupt nicht. Grund hierfür ist, dass die Bestände stark zurückgegangen sind, weil die Fische auf ihrer Wanderung aus den Flüssen zurück ins Meer von den Turbinen der Wasserkraftwerke zerhäckselt werden. Die wenigen die es bis zum Sargassomeer, schaffen, laichen dort ab. Ihre Brut, die Glasaale, wandert zurück nach Europa und wird dort für die französische Küche abgefischt und zu einer Vorspeise verarbeitet. Pro Portion 200 Stück. Ein ausgewachsener und geräucherter Aal hätte für eine kleine Familie gereicht. Aber was will man von Leuten erwarten, die sich von Fröschen und Schnecken ernähren? Der verbleibende Rest der Schlängler wird von den Kormoranen verputzt, die irgendein Schwachkopf zum „Vogel des Jahres 2010" erklärt hat. Daher sitzt man heutzutage oft die ganze Nacht vergeblich am Wasser.

Dennoch haben die milden Sommernächte ihren Reiz nicht verloren. Die Ruten liegen beködert im Wasser, der Angler sitzt entspannt auf seinem Stuhl, bewundert den Sonnenuntergang und trinkt dabei ein kühles Bier. Die Getränkewerbung hat dieses Naturerlebnis eins zu eins umgesetzt und lässt den Angler sogar noch eine der allgegenwärtigen Mücken erschlagen. Endlich Ruhe! So und nicht anders hätten wir es natürlich gerne.

Die Wahrheit sieht leider häufig anders aus. Der Sportfreund ist umzingelt von hunderten stechwütiger Mücken, da er das einzige warmblütige Opfer in der Umgebung ist, das auf Mückenspray verzichtet hat. Sein Bier ist lauwarm, da er die Kühltasche vergessen hat und hinter ihm stehen neugierige Spaziergänger, die ebenfalls das schöne Wetter ausnutzen wollen. Dann entlädt sich das Gewitter, vertreibt Mücken und Zuschauer und lässt den Angler allein und durchnässt zurück, sodass er sich fragt, warum er sich das alles antut. Die Antwort ist einfach: Damit auch die Gnitzen was zu fressen haben. Sie kennen keine Gnitzen? Es handelt sich um winzig kleine, flugfähige Insekten, kaum sichtbar aber hundsgemein. Ihr Biss verursacht auf der ungeschützten Haut ein schmerzhaftes Brennen, das später in ein Jucken übergeht. Sie kriechen sogar in Augen, Nasen und Ohren, und schlagen dort unbarmherzig zu. Der ganze Kopf ist rot und geschwollen, wenn man in einen Schwarm dieser kleinen Monster gerät. Nichts hilft. Moskitonetze sind zu grobmaschig und Mückenspray oder Zigarettenqualm scheint sie nicht zu stören. Nicht einmal der hartgesottenste Angelverrückte, ja nicht einmal Max, hält das längere Zeit aus. Man kann nur die Flucht nach Hause antreten. Wie gut, dass diese Quälgeister nur im Frühsommer auftreten, sonst könnte man die Nachtangelei gleich ganz aufgeben.

Aber eigentlich wollte ich ja von den schönen Aalnächten erzählen, die tatsächlich so romantisch sind wie in der Werbung. Lassen wir den Angler wieder auf seinem Stuhl Platz nehmen und in den Sonnenuntergang blicken. Mit beginnender Dämmerung wird es ruhiger am Wasser und meist schläft auch der Wind noch ein. Sobald es richtig dunkel ist, kann man sich entspannt zurücklehnen, den Sternenhimmel bewundern und sich an den Sternschnuppen erfreuen. Schön ist auch das Wetterleuchten eines fernen Gewitters anzusehen. Die Nachtsänger unter den Vögeln stimmen jetzt ihre Lieder an. Sie würden sich wundern, wie viele Stimmen es nachts im Schilf gibt. Auch die unermüdlichen Enten schnattern vor sich hin und weiter weg beginnen die Frösche ihr vielstimmiges Konzert. In der Nähe bellt noch ein aufgeschreckter Rehbock aber das ist nicht das Geräusch, das wir jetzt hören wollen. Wir horchen auf Laute, die von unseren Bissanzeigern kommen. Auch hier bin ich eher konservativ eingestellt.

Ich hasse die neumodischen elektronischen Dinger, die ihr ohrenbetäubendes Gepiepse bei der kleinsten Bewegung der Rute, sei sie durch Wind oder Fischkontakt ausgelöst, von sich geben. Vorbei ist es mit der Ruhe, wenn der Nachbar ein solches Gerät benutzt. Ich bevorzuge dagegen die altbewährte Aalglocke oder eine kleine Konservendose, in die ein paar Steinchen gefüllt sind, und die klappernd zu Boden fällt, wenn ein Fisch Schnur von der Rolle zieht. Das Läuten der Glocke und das Klappern der Dose elektrisiert förmlich jeden Angler. Sogar wenn er diese Anzeiger gar nicht selbst benutzt. Sie können das selbst ausprobieren. Besorgen Sie sich einfach ein solches Glöckchen für etwa einen Euro und klingeln Sie einmal leise damit, wenn Sie hinter einem Angler vorbeigehen, bevorzugt natürlich nachts. Der Sportfreund wird sofort zu seinen Ruten stürzen. Klappt eigentlich immer. Wichtig ist nur, dass man nicht zu laut und vor allem nicht zu lange läutet, da es sonst unnatürlich wirkt und man unter Umständen rasch die Beine in die Hand nehmen muss, wenn der so Genarrte die Täuschung erkennt.

Wissen Sie übrigens, wie man sich einem Angler in kürzester Zeit hörig macht? Schenken Sie ihm ein Handy, das als Klingelton eine fallende Konservendose oder eine Aalglocke hat. Er wird Ihren nächsten Anruf kaum noch erwarten können.

Nachdem es also gebimmelt hat, steigt die Spannung. Schlägt man jetzt zu früh an, hat der Fisch den Köder noch nicht richtig genommen, wartet man zu lange, lässt er ihn vielleicht wieder los. Als Faustformel beliebt ist hier die berühmte Zigarettenlänge, allerdings schwer abzuschätzen für Nichtraucher. Deshalb, und wegen der

Mücken, ist der Anteil der Raucher in Anglerkreisen sehr hoch.

Hat man den richtigen Zeitpunkt abgepasst, hängt der Fisch am Haken. Wenn man Pech hat, ist es nur ein Schnürsenkel, also ein Aal, der ebenso dünn wie ein solcher ist. Nicht, viel besser sind Brötchenaale (solche, die gerade auf ein Brötchen passen) oder Bundaale (die wegen ihrer geringen Größe zu mehreren gebündelt im Handel sind). Hat man Glück, erwischt man ein richtig schönes Exemplar von einem Pfund oder mehr, für das es sich lohnt, die Räuchertonne anzuwerfen. Frisch aus dem Rauch eine echte Delikatesse, wenn man sich den Genuss nicht von der Pferdekopfszene aus der „Blechtrommel" verderben lässt. Dafür lohnt es sich, hin und wieder mal eine Nacht am Wasser zu verbringen, zumal wenn dem ersten Fisch noch weitere folgen. Leicht wird manch junges Gemüt endgültig vom Aalfieber gepackt.

Allerdings sollte man es auch hier nicht übertreiben, besonders nicht, als Verheirateter. Wer weiß, auf welche verrückten Ideen die holde Gattin kommt, wenn sie in lauen und romantischen Sommernächten ständig allein zu Hause gelassen wird. Als Warnzeichen sollten wir es verbuchen, wenn uns der Nachbar plötzlich häufiger auf gutes Aalwetter hinweist. Und spätestens wenn einem die eigenen Kinder nicht mehr ähnlich sehen, sollte man die Nachtangelei einstellen.

Aber selbst wenn die Aalglocke die ganze Nacht hindurch nicht läuten sollte, sind die Stunden am Wasser ein Erlebnis. Angesichts des Sternenhimmels und der Ruhe kann der gestresste Sportfreund seinen Gedanken über Stunden freien Lauf lassen und sich bei einem Bier so richtig entspannen. Irgendetwas Interessantes gibt es ohnehin immer zu sehen und wenn es einem zu langweilig wird, geht man halt auf einen kleinen Plausch beim Nachbarn vorbei. Seine Angeln behält man dabei im Auge bzw. im Ohr. In einer stillen Nacht lässt sich das Glöckchen mehrere hundert Meter weit hören. Wer es bis zum Morgen aushält, wird dafür mit einem Sonnenaufgang und vielleicht doch noch mit einem Fisch belohnt. Manch Angler kommt sein Leben lang nicht von seiner Leidenschaft für Aalnächte los.

Es gibt noch eine weniger romantische Variante des Nachtangelns, die nur für die härtesten der Harten gedacht ist. Sie findet ausschließlich im Winter statt und zwar dann, wenn es auch wirklich kalt ist. Ich spreche von der Angelei auf Aalquappen, auch Rutten genannt, die, entgegen ihrem Namen nicht mit Aalen verwandt sind, sondern mit den Dorschen. Wie diese lieben auch die Quappen kaltes Wasser. Im Sommer fängt man sie so gut wie nie, obwohl sie ja auch in der warmen Jahreszeit von irgendetwas leben müssen. Außerdem beißen die Rutten nur nachts. Sie werden von den kleinen Süßwasserdorschen vielleicht noch nicht gehört haben, denn es gibt diese Fische nicht überall. Außerdem sind sie im Handel nicht erhältlich. Wer eine Quappe essen will, muss seine Mahlzeit wohl oder übel selber fangen. Das ist eigentlich nicht weiter schwer, verfügen diese Fische doch über einen äußerst gesunden Appetit, der sie jede Vorsicht vergessen lässt. Also sind große Köder und Haken angesagt, einfache Montagen sind ausreichend. Wenn nur das Wetter nicht wäre.

Minusgrade dürfen es ruhig sein. Das Laub muss vom Raureif knistern, dann ist es richtig. Max und ich waren schon bis minus 5 Grad draußen. Wenn es noch kälter ist, hat es keinen Zweck mehr, da die Rutenringe und die Schnur zu schnell vereisen. Bei diesen Temperaturen kann man es ohnehin nur noch an Fließgewässern oder Kanälen versuchen, die durch den Schiffsverkehr eisfrei sind. Dickste Winterkleidung ist erforderlich und warme Kopfbedeckung. Ich habe für diese Zwecke eine Kaninchenfellmütze mit Ohrenklappen, die zwar nach Yeti aussieht, aber schön warm hält. Nur die Hände sind meist ungeschützt, da Handschuhe hinderlich sind und durch Fische und Köder schnell durchnässen. Hier helfen kleine Wärmekissen, die man immer wieder benutzen kann, die allerdings nur eine halbe Stunde vorhalten. Grog oder Glühwein würden jetzt gut tun, sind aber leider nicht für Autofahrer geeignet. Also klappert man etwas vor sich hin und schnieft mit der Nase, besonders wenn noch ein frischer Wind aus Osten weht. Aber was soll es, wir haben es ja nicht anders gewollt.

Kommt der Angler nach so einem zünftigen Ansitz nach Hause – meist ist es ohnehin nicht länger als bis 22 Uhr auszuhalten – fühlt er sich rundum wohl und glücklich, auch wenn mal wieder nichts gebissen hat. Die klare, reine Winterluft hat die Seele geläutert. Und jetzt kann man sich auch mit einem Grog aufwärmen.

Kapitel 20

Kleine Geschenke erhalten die Freundschaft

Nachdem Sie nun schon so viel über die Seele der Angler erfahren haben, möchte ich Sie zu guter Letzt noch mit einigen praktischen Geschenktipps versorgen, die Ihnen für den Fall weiterhelfen sollen, dass Sie sich wider besseres Wissen doch für einen solchen als Lebenspartner entscheiden sollten.

Wichtig ist schon der Anlass des Geschenkes. Ungefährlich sind Geburtstage. Zu diesen können bedenkenlos Utensilien für das Hobby ausgewählt werden. Höchst riskant ist dagegen Weihnachten. Daher werde ich meine Ratschläge hierauf beschränken. Sollten Sie sich hier in Unkosten gestürzt und für Ihren Liebling eine komplette Spinnausrüstung besorgt haben, laufen Sie Gefahr, dass er diese sofort ausprobieren will. Sie sehen ihn dann frühestens am Abend des zweiten Feiertages wieder.

Risikoloser ist es, wenn Sie Rute und Rolle für verschiedene Anlässe kaufen, beispielsweise eine Rolle für die Hochseeangelei und eine Stipprute. Das lässt sich nicht kombinieren und es steht nicht zu befürchten, dass der Schatz am nächsten Tag noch ans Meer fährt. Sollte ihm dies auf Grund fortgeschrittener Verrücktheit doch zuzutrauen sein oder Sie in Küstennähe wohnen, gehen Sie auf Nummer sicher und wählen klassisch Schlips, Oberhemd und Socken für ihn aus. Sie laufen dann auch nicht Gefahr, sich am Heiligen Abend in einen Angelhaken zu setzen. Schlagen Sie meinen Rat nicht leichtfertig in den Wind. Ich sehe jedes Jahr Sportfreunde eine Woche über die Weihnachtsfeiertage beim Karpfenansitz!!!

Neben der Frage nach dem Anlass ist das Geschlecht des zu Beschenkenden zu berücksichtigen. Schwieriger ist es hier, wie auch sonst im Leben, etwas Passendes für eine Anglerin zu finden. Erstens sind Frauen ehrgeiziger, sodass sie voraussichtlich aktiv an Wettfischen teilnehmen. Mit Billiggerät aus dem Baumarkt kann man sie daher nicht hinter dem Ofen hervorlocken. Zweitens sind sie ordentlicher, sodass sich ihr Gerät in tadellosem Zustand befindet und nicht ausgetauscht werden muss. Und Drittens sind Frauen besser organisiert. Was sie brauchen, das haben sie auch. Was sie nicht haben, das brauchen sie auch nicht.

Also Angelgerät fällt aus. Auch modisch werden Nichtangler kaum eine Chance haben, den Geschmack Ihrer Anglerin zu treffen. Allenfalls empfehle ich Ihnen, es mit einem Holzfällerhemd der Marke Timberland zu probieren, wenn Sie die Größe Ihrer Angebeteten kennen. Am ehesten können Sie es noch mit einem herben Aftershave wie Pitralon oder Hattrick versuchen.

Gut ist auch eine Creme, die für die Hände norwegischer Arktisfischer entwickelt wurde. Das macht ihren Zugriff etwas sanfter. Allerdings mag es sein, dass sie ob des geringen Wertes Ihres Geschenkes etwas angesäuert reagiert. Im Notfall tut es auch ein Gutschein für zehn Dosen Würmer oder Maden. Die kann sie immer brauchen. Nur gut, dass es in unserem Hobby so wenige Frauen gibt.

Wie viel einfacher ist es dagegen etwas Passendes für einen Mann zu finden! Völlig daneben liegen kann man eigentlich nie, es sei denn man entscheidet sich für ein rosafarbenes Hemd, Karten für Holiday on Ice oder, was noch schlimmer ist, bei einem Schalke-Fan, für eine Rolle in den Vereinsfarben von Borussia Dortmund. Dann hat man auch nichts Besseres verdient als seinen Zorn. Für sein Hobby findet man ansonsten reichlich Auswahl, selbst wenn es immer das Gleiche sein sollte. So freut sich der Angler jedes Jahr aufs Neue über ein schönes Messer, auch wenn er derer schon ein gutes Dutzend hat. Probieren Sie es ruhig aus.

Auch die zwanzigste Rute und die fünfundzwanzigste Rolle werden immer einen dankbaren Abnehmer finden, insbesondere wenn sie mit den neuesten technischen Raffinessen ausgestattet sind. Vor allem die Rollen regen den Spieltrieb Ihres Liebsten an. Er wird den Schnurfangbügel mindestens 100 Mal zuschnappen lassen und genauso oft die Kurbel drehen. Damit ist er dann den Rest des Abends beschäftigt.

Sehr großer Beliebtheit erfreut sich auch Zubehör jeglicher Art, da immer Verschleiß zu verzeichnen ist. So stinken Kescher nach längerem Gebrauch schlimmer als eine ganze Seehundkolonie und können nur noch außerhalb des Hauses gelagert werden. Den Ersatz wählt die kluge Hausfrau hier stets eine Nummer größer als das Vorgängermodell. Sollte Ihrem Mann doch mal ein Kapitaler an den Haken gehen, kann er seiner Frau für die geglückte Landung zeitlebens dankbar sein.

Nett und praktisch sind auch die kleinen Grubenlampen, die es für Nachtangler gibt. Man sieht mit einer solchen Leuchte auf der Stirn zwar etwas wie ein verhinderter Bergmann aus, aber man hat im Dunkeln beide Hände frei und selbst Brillenträger kommen gut damit zurecht.

In bleibender Erinnerung hält man sich auch mit Spinnködern. Selbst wenn der Gatte davon bereits Hunderte hat, die nach einem nicht erkennbaren Muster in seiner Gerätekiste verstreut sind, weiß er immer, welchen Spinner er woher hat. Ein typisches Merkmal für einen Spinner! Er ist sich also darüber im Klaren, wann er Ihren Köder montiert hat und schreibt Fänge damit Ihnen zu. Allerdings wird er Sie immer mit den Fanggeschichten langweilen.

Ein Geschenk für Fortgeschrittene ist natürlich der Zebco-Kalender, das anglerische Gegenstück zum Pirelli- oder Playboykalender. Kostet etwa 15 Euro. Sie bleiben Ihrem Mann dafür ein Jahr lang jeden Tag in bester Erinnerung. Das Geld ist folglich gut angelegt. Seine

Freunde werden sowohl auf den Kalender als auch auf die Ehefrau ihres Kollegen neidisch sein. Was will man mehr? Der „Zebco" zeigt 12 leicht geschürzte Anglerinnen, wie man sie sich noch als junger Mann vorgestellt hat. Hier – und nur hier – gibt es die angelnden Blondhasen. Leider entsprechen die Bilder nicht der rauen Wirklichkeit. Schauen Sie sich den „Zebco" auf jeden Fall mal an. Damit liegen Sie immer richtig.

Natürlich können Sie auch problemlos Bekleidung verschenken, wenn Sie die richtige Konfektionsgröße Ihres Anglers kennen. Wählen Sie auf jeden Fall mindestens eine Nummer Größer aus, bei Stiefeln besser zwei. Die Schuhe müssen auch im Winter noch warm halten und daher Platz für eine Lammfellsohle und zwei paar Socken bieten. Die Oberbekleidung wird oft im Zwiebellook getragen und sollte dann immer noch bequem sitzen. Sonst kann man die Ruten schlecht auswerfen. Außerdem wird Ihr Gatte zunächst in die Breite wachsen, bevor er mit zunehmendem Alter in der Länge schrumpft. Farblich entscheiden Sie sich für ein Tarnmuster in Grün. Camouflage und Woodland sind bei Männern eigentlich immer beliebt und zudem praktisch. Sollte Ihrem Mann diese Farbe wider Erwarten nicht gefallen, können Sie ihm immer noch sagen, wie sexy Sie ihn in Uniform finden. Das erspart Ihnen die Mühe des Umtauschens. Eine Ausnahme macht man bei Rettungsanzügen für Hochseeangler und Norwegenfischer, die vom Hubschrauber aus weithin sichtbar sein sollten. Gelb, rot oder orange sind hier die erste Wahl, da von der Küstenwache leicht zu entdecken. Nordatlantikgrau ist nur dann geeignet, wenn sie sich ohnehin von Ihrem Angler trennen wollten oder er vor kurzem eine hohe Lebensversicherung zu Ihren Gunsten abgeschlossen hat. Achten Sie ferner auf gute Waschbarkeit der Kleidung, denn Sie sind es, die Fisch- und Futterreste aus den Plünnen rausbekommen muss.

Das ultimative Geschenk ist natürlich eine Angelreise. Aus Kostengründen kommt so etwas vermutlich nur zu runden Geburtstagen in Betracht. In diesen Fällen sollte die Anglerfrau bei der Auswahl des Zielortes darauf achten, dass auch für sie etwas geboten wird. Norwegen oder Alaska kommen da wohl nicht so sehr in Frage. Preiswert und doch gefragt sind die Kanarischen Inseln, die der Ehefrau neben Sonne, Sand und Palmen auch umfangreiche Einkaufsmöglichkeiten bieten. Oder wie würde es Ihnen auf Mauritius oder in der Karibik gefallen? Beides hochklassige Angelreviere. Ihr Mann würde sich vor Freude gar nicht mehr einkriegen. Bei der Buchung solcher Ziele sollte man allerdings berücksichtigen, dass auch die Ausfahrten mit dem Boot erhebliche Kosten verursachen, je nach Urlaubsort und Veranstalter 500 bis 1000 Euro. Kein Pappenstiel, aber dafür haben Sie Ihren Schatz auch den ganzen Tag vom Hals, können in Ruhe Cocktails an der Bar trinken und ohne jeden Zeitdruck die Boutiquen durchstöbern. Sie werden sich fühlen, wie im Paradies.

Äußerste Vorsicht müssen Sie beim eigenen Wunschzettel walten lassen, da Sie es mit einem Naturburschen zu tun haben, der die Dinge mit völlig anderen Augen sieht. Sagen Sie „Schuhe", wenn er nach Ihren Wünschen fragt, denken Sie vermutlich an etwas Hochhackiges, er dagegen an Gummistiefel. Sagen Sie „Etwas Scharfes" und stellen sich Dessous vor, wird er sich für ein Küchenmesser entscheiden. Oder Senf.

Daher sollten Sie auch nicht den Fehler begehen, auf Ihre Wunschliste „Elektroartikel" zu schreiben. Er wird Ihnen sonst einen elektronischen Bissanzeiger unter den Weihnachtsbaum legen. Sollten Sie mit einem solchen nicht wirklich etwas anfangen können, wünschen Sie sich lieber unmissverständlich einen Flachbildfernseher oder eine Kamera.

Höchst gefährlich ist insbesondere die Anfrage nach „Etwas Duftendem," da ihm hierzu niemals Chanel No. 5 einfallen wird, sondern allenfalls Lockfutter in Sprayform. Glück könnten Sie in diesem Fall nur noch haben, wenn er sich für Vanille oder Aprikose entscheidet. Ganz schlechte Karten hätten Sie bei Herings- oder Reiheröl. Damit wären Sie gesellschaftlich endgültig gestorben. Zudem sollten Sie sich davor hüten, ihm freie Wahl hinsichtlich der Präsente zu lassen, da man von skurrilen Leuten in der Regel skurrile Geschenke bekommt. Wenn Sie sich also nicht mit dem Gedanken anfreunden können, einen präparierten Fischkopf auszuwickeln und auch zu anderen Überraschungen nicht aufgelegt sind, sollten Sie sich im Zweifel Geld oder einen Gutschein auf den Gabentisch legen lassen. Die für den Einkauf gesparte Zeit kann er dann noch nutzen, um einen Fisch für das Festtagsmenü zu angeln. In Ihrem Interesse hoffe ich, dass er einen Hecht oder Zander erwischt und keinen Muffmolch.

Kapitel 21

Das letzte Paradies

Adam und Eva lebten bekanntlich so lange im Paradies, bis sie sich ihren dortigen Aufenthalt selbst vermasselt haben. Waren die Zustände dort tatsächlich so paradiesisch und ist das Paradies wirklich für immer verloren? Ich habe da so meine Zweifel.

Wie man hört, tollten Adam und Eva tagein tagaus splitterfasernackt durch den Garten Eden, waren umgeben von lauter friedfertigen Tieren und ernährten sich von Obst. Bis zum Sündenfall wussten sie auch offenbar nichts miteinander anzufangen. Nachwuchs erwartete das Urweib erst, nachdem sie den Garten Eden verlassen musste. Von sexuellen Aktivitäten vor diesem Zeitpunkt ist nichts bekannt. Sie wussten halt nicht, wie es geht. Ihre Nacktheit bemerkten sie erst, nachdem sie den Apfel gefuttert hatten. Und selbst dann fiel ihnen nichts Besseres ein, als sich mit Feigenblättern zu bedecken. Den beiden muss bis dahin furchtbar langweilig gewesen sein. Schwung in den Laden brachte erst die Schlange.

Nun ja, nun ja! Ich weiß ja nicht, was Sie von der Sache halten. Ich stelle mir unter paradiesischen Zuständen etwas anderes vor. Ich hätte ein großes Fass Bier in den Garten gerollt, die friedlichen Tiere zu saftigen Steaks verbraten und Eva im Schlangenlederbikini auf dem Tisch tanzen lassen. Den Apfel hätte ich zurückgegeben. So sieht ein Paradies aus! Das fanden schon die alten Wikinger, deren Walhalla haargenau dieser Schilderung entspricht. Andere Religionen verzichten zwar auf Steaks und Bier, verheißen ihren Helden dafür aber eine handvoll Jungfrauen. Auch irgendwie nett.

Angesichts der Lustlosigkeit von Adam und seinem Weib runzelte der Schöpfer des Himmels und der Erde die Stirn. Eine Religionsgemeinschaft, die lediglich aus zwei Personen besteht, ist beinahe kläglich zu nennen. In Anbetracht seiner beeindruckenden Leistung bei der Erschaffung der Welt hatte er sich etwas mehr Zulauf erhofft. Aber die beiden Langweiler dachten gar nicht daran, fruchtbar zu sein und sich zu mehren. Damit geriet der ganze schöne Plan, die Erde zu bevölkern, ins Wanken. Das, und nicht das Essen eines Apfels, wird der wahre Grund für die Vertreibung aus dem Paradies gewesen sein. Die Sache mit dem Apfel war vermutlich lediglich ein kleiner Trick.

Unserm Herrgott waren Adam und Eva, so naiv sie sich auch gaben, zweifellos ans Herz gewachsen, das hat er deutlich erkennen lassen. Das Verhältnis zu ihnen wird man sich so vorstellen müssen, wie die Gefühle von Eltern, deren 30-jähriger Sohn immer noch keine Anstalten macht, zu Hause auszuziehen. Obwohl sie ihn lieben, hätten sie ihn gern vom Hals, aber auf die sanfte Tour. Auch unser Schöpfer wäre seinem Ruf als gütiger und gerechter Gott nicht nachgekommen, wenn er die beiden – was durchaus in seiner Macht gestanden hätte – einfach verjagt hätte. Hier war ein subtileres Vorgehen gefragt.

Nun machen gelangweilte Kinder stets mit Vorliebe das, was die Eltern ihnen verboten haben. Will man sie also zu einem bestimmten Verhalten veranlassen, reicht es völlig aus, ihnen gerade dieses zu untersagen. Mit einem ähnlichen Trick arbeiten heute Mütter, die ihren Kindern Spinat oder Mangold andrehen wollen. Sie erklären den Bälgern einfach, dass das Gemüse noch ungesünder sei als Pommes mit Mayo und schon wird es gegessen. Dumm dagegen waren noch die Großmütter, die dem Nachwuchs das Essen schmackhaft machen wollten, indem sie ihm vorschwärmten, wie gesund Spinat sei, insbesondere wegen des vielen Eisens. Die Kinder rührten ihn nicht an. Tatsächlich gab es auch keinen nachvollziehbaren Grund dafür, Adam und Eva das Essen von Äpfeln zu verbieten, gilt dieses Obst doch als äußerst gesund und schmackhaft. Hätte man ihnen das gesagt, hätten sie den Apfel nie probiert, schon gar nicht, nachdem ihn die Schlange angesabbert hatte. Als man ihnen aber unter Androhung der Todesstrafe untersagte, vom Baum der Erkenntnis zu naschen, wurde die Sache schon interessanter, der reinste Nervenkitzel.

Mit dem Verbot hat unser Herrgott ein kinderpsychologisches Meisterstück abgeliefert. Natürlich hatten Adam und Eva nichts Besseres zu tun, als sofort den nächstbesten Apfel zu futtern. Die Ausweisung aus dem Garten Eden empfanden sie dann, nachdem das Urteil von Todesstrafe auf Verbannung abgemildert worden war, auch als gerecht. Kein Murren, kein Jammern und endlich Nachwuchs. Clever gemacht, oder? Insbesondere, weil es sich wahrscheinlich bei dem Obst nicht um einen Boskop einfach, sondern um einen Granatapfel gehandelt hat, dem eine stark aphrotisierende Wirkung nachgesagt wird. Unser Herrgott hat also pikanterweise dem guten Adam etwas auf die Sprünge geholfen! Daher glaube ich auch nicht, dass das Paradies für immer verloren ist. Man muss nur wissen, wo man es zu suchen hat.

Die Bibel befasst sich mit der ganzen Geschichte auch nur knapp anderthalb Seiten lang, wobei der Großteil davon der Schilderung der Erschaffung der ersten Menschen aus Erde bzw. Rippchen, der Unterhaltung mit der Schlange und der Hauptverhandlung gegen Adam und Eva gewidmet ist. Die Verhältnisse im Paradies sind nur in wenigen Zeilen und eher beiläufig erwähnt. Das Thema war – so sieht es zumindest aus – beim Schreiben der Bibel nahezu bedeutungslos. Der Garten Eden und die paradiesischen Zustände scheinen erst später die Fantasie der Menschen beflügelt zu haben. Dabei haben sich in unterschiedlichen Kulturen völlig verschiedene Vorstellungen der Verheißung entwickelt. Daraus folgere ich, dass das Paradies für jeden etwas anderes bedeutet.

Manch einem mag hier schon ein täglich voller Magen genügen, für einen Anderen gehören Sonne, Sand und Palmen dazu, für den Dritten erscheint eine Non-Stop-Party am Ballermann als das Maß aller Dinge. Für Angler muss es natürlich etwas mit Wasser und Fischen sein.

Lange Zeit galt Norwegen als das Anglerparadies schlechthin. Fische satt und das jeden Tag. Aber auch hier gab es eine Ausweisung aus dem Paradies und wieder war sie selbst verschuldet. Insbesondere deutsche Angler haben es zu heftig übertrieben und sich berufen gefühlt, den Berufsfischern Konkurrenz zu machen. Sie haben jeden Fisch, den sie fingen, mitgenommen und filetiert. Wenn man bei jedem zweiten Wurf etwas fängt, kommt da ganz schön was zusammen. Damit sich die Sache rechnet, wurden die Filets eingefroren und am Ende des Urlaubs im eigens dafür mitgebrachten Anhänger nach Deutschland verfrachtet. An der Grenze wurden bei mach einem „Sportfreund" 500 Kilogramm Filet gefunden. Dafür muss man etwa 1,5 Tonnen Fisch fangen! Die Filets wurde dann zu Hause verkauft. Damit war der nächste Norwegenurlaub gesichert. Pfui Deibel, was für ein Verhalten! Das fanden auch die norwegischen Behörden und führten zum Schutz der Bestände ein Fanglimit von 20 Kilogramm pro Person ein. Damit endeten die paradiesischen Zustände. Recht so!

Für diese Art von „Kollegen", die man übrigens auch an Forellenseen vermehrt antrifft, fehlt mir jegliches Verständnis. Die reinsten Mutanten. *„Zwei Dinge sind unendlich, das Universum und die menschliche Dummheit, aber bei dem Universum bin ich mir noch nicht ganz sicher,"* äußerte schon Albert Einstein. Dem ist nichts hinzuzufügen!

Selbstverständlich nimmt man gern ein paar Fische mehr mit, wenn es mal wirklich gut läuft, weil man alles richtig gemacht hat und die Flossenträger in bester Beißlaune sind. Solche Tage kommen selten genug vor und entschädigen uns für die vielen Schneidertage. Aber tagelang einen Dorsch nach dem anderen fangen, da die Schwärme so dicht sind, dass der Köder kaum den Grund erreicht? Wo ist denn da der Reiz, einen Fisch überlistet zu haben, wo das Naturerlebnis, wo die Befriedigung des Jagdtriebes? Fische, die allein ins Boot springen, brauchen wir nicht. Solche Massenfänge lassen uns vom Angler zum Schlächter werden. Es ist ein Raubbau an der Natur, der im Hobbybereich durch nichts zu rechtfertigen ist. Wer über ein richtiges Anglerherz verfügt, sollte sich an diesem Treiben nicht beteiligen. Das Fangen von Fischen für Geld sollten wir den Berufsfischern überlassen, die damit ihren Lebensunterhalt bestreiten müssen. Die Massenfänge werden jetzt übrigens zum letzten Anglerparadies nach Island verlegt. Mal sehen, wann es dort zu einer Vertreibung aus dem Garten Eden kommt und ebenfalls Fangbeschränkungen eingeführt werden.

Und mein ganz persönliches Paradies? Es ist da, wo meine Sonne scheint und wo meine Sterne stehen.

Das letzte Kapitel?

Wo meine Sonne scheint

Sicher nicht hier in Deutschland. Hier ist sie meist zu kalt und von Wolken verhangen und gleicht somit der Politik und der Gesellschaftslage in diesem, unserem Lande. Zwar hat man jüngst gerade den 60. Geburtstag unseres Grundgesetzes gefeiert, aber von dem, was die Väter des Grundgesetzes ursprünglich gewollt haben, ist erschreckend wenig übergeblieben. Glauben Sie mir. Ich als Jurist kann das beurteilen.

So hat bereits Heinrich Heine in seinen „Nachtgedanken" äußerst treffend wie folgt gedichtet:

Denk ich an Deutschland in der Nacht,
Dann bin ich um den Schlaf gebracht,
Ich kann nicht mehr die Augen schließen,
Und meine heißen Tränen fließen.

Heine musste es wissen. Er gilt nicht umsonst als einer der größten deutschen Dichter.

So endet in diesem, unserem Lande der Schutz der Menschenwürde dort, wo sie von unseren angeblichen Freunden, den Amerikanern, verletzt wird. Oder glaubt unsere politische Führungsspitze allen Ernstes, dass es sich bei Guantanamo um ein Trainingscamp für Tauchsportfreunde handelt?

Wo bleibt die grundgesetzlich garantierte freie Entfaltung, wo das

149

Recht auf Freiheit der Person, wenn in Deutschland alles unter dem Vorbehalt einer Genehmigung steht? Genehmigungsfrei ist hier fast nichts mehr. Die Väter des Grundgesetzes werden in ihren Gräbern Purzelbäume schlagen.

So muss beispielsweise ein angehender Jungangler an etwa acht Wochenenden an Lehrgängen teilnehmen, und sowohl eine theoretische als auch eine praktische Prüfung ablegen, um das Recht bescheinigt zu bekommen, künftig Fische fangen zu dürfen. Einen lebenden oder toten Fisch hat er während dieser Zeit allerdings nie zu Gesicht bekommen. Grau ist alle Theorie. In der Praxis hätten zwei Stunden neben einem erfahrenen Angler ausgereicht, um alles Wissenswerte zu erfahren. So ist das mit dem Recht auf Freiheit nicht gemeint gewesen.

Und die Gleichheit vor dem Gesetz? Vor dem Gesetz sind alle Menschen gleich. Der häufig praktizierte Nebensatz „aber manche sind eben gleicher" fehlt im Text des Grundgesetzes. In voller Härte trifft das Gesetz immer nur den kleinen Mann. Die großen Tiere schließen unter Ausschluss der Öffentlichkeit einen eleganten „Deal" ab, bei dem sie die Strafe aus der Portokasse zahlen können. In den Maschen der Justiz zappeln nur die kleinen Fische, während die kapitalen Hechte im Karpfenteich weiter ihre Kreise ziehen. Wenigstens insoweit gleicht die Politik der Angelei.

Bei der Glaubens- und Bekenntnisfreiheit ist man einen völlig anderen Weg gegangen. Um von unserer christlichen Leitkultur wegzukommen, müssen in Schulen die Kreuze von der Wand genommen werden. Dafür wird im Gegenzug das Schächten von Tieren erlaubt. Ewig im Streit ist hier noch die Kopftuchfrage. Man kann es halt nicht jedem recht machen.

Auch mit dem Recht auf freie Meinungsäußerung ist es nicht weit her, zumindest dann nicht, wenn man eine Meinung äußert, die nicht der der regierenden Parteien entspricht. Schnell hat man dann ein

Verfahren wegen Volksverhetzung am Hals, verliert seinen Job oder wird als politische Partei vom Verfassungsschutz überwacht. So geht es derzeit nicht nur den „Linken," obwohl die knapp 10 Prozent der Wählerstimmen hinter sich vereinigen. Was nützt einem aber die Meinungsfreiheit, wenn man unbequeme Meinungen, selbst wenn sie der Wahrheit entsprechen, nicht vertreten darf? Eva Hermanns und Thilo Sarrazin können davon ein Liedchen singen. Insofern halte ich jetzt wohl besser meine Klappe. Auf das Recht, mich der herrschenden Meinung oder der Meinung der Herrschenden anzuschließen, kann ich verzichten.

Natürlich reizt es mich nicht, in einem Land zu leben, das seinen Bürgern vorschreibt, welche Glühbirnen sie benutzen dürfen. Auf die staatliche Regelung des Krümmungsgrades von Bananen oder Gurken kann ich ebenfalls problemlos verzichten.

Ebenso fühle ich mich in einem Staat unwohl, in dem der Begriff „Patriot" ein Schimpfwort geworden ist und in dem Zivilcourage in der Regel mit Freiheitsstrafen honoriert wird. Und in dem unsere Soldaten, nachdem man sie zu Auslandseinsätzen geschickt hat, vor den Staatsanwalt gezerrt werden, wenn sie dort ihr Leben verteidigt haben.

Ich könnte noch endlos fortfahren. Da ich aber ein Angelbuch schreiben will und keinen Grundgesetzkommentar, breche ich an dieser Stelle ab. Ich gehe davon aus, dass Sie auch so verstanden haben, was ich zum Ausdruck bringen wollte. Auf jeden Fall haben die Bürokratie und das Muckertum in unserem Lande in mir schon seit langer Zeit den Wunsch geweckt, Deutschland den Rücken zu kehren. Überrascht war ich allerdings, als ich merkte, dass Carolin den gleichen Wunsch hegte. Geht das denn so einfach? Offenbar ja. Immerhin wandern derzeit jährlich circa 300.000 bestausgebildete junge Fachkräfte, die der Auffassung sind, hier ihre Träume nicht verwirklichen zu können, aus Deutschland aus. Hoffentlich vergisst Angela als Letzte nicht, das Licht auszumachen.

Wohin also im Rentenalter? Asien und Osteuropa kamen für meine Frau nicht in Frage, wohingegen die USA für mich indiskutabel waren. Kanada hingegen war allein schon wegen der Fische für mich höchst spannend. Aber kalt. Australien oder Neuseeland? Sehr interessant, aber auch sehr, sehr weit weg.

Es musste ja auch kein englischsprachiges Land sein. Carolin ist Fremdsprachenkorrespondentin für Englisch und Spanisch und Max hat in der Schule mehrere Jahre Spanisch gelernt. Und ich?" Una cerveza por favor" und „Si, una grande" kommt mir fließend von den Lippen und nach 3 Tagen Sonne halten mich selbst Einheimische für einen Spanier. Also Südspanien oder die Kanaren? Da erzählte mir jemand von Uruguay, angeblich die Schweiz Südamerikas.

Zuerst hatte ich nur vage Vorstellungen, wo Uruguay überhaupt liegt. Südamerika, soviel wusste ich immerhin. Am Atlantik, wie mir ein Blick auf die Karte zeigte. Anglerherz, was willst du mehr. Via Internet kann man heutzutage auch Erkundigungen über den hintersten Winkel der Welt einholen. Einschließlich Bilder und Videos. Um es klarzustellen: Ich war noch nie in Uruguay! Die nachstehenden Informationen beruhen alle auf meinen Recherchen.

Uruguay ist sehr europäisch. Die Bevölkerung ist zumeist aus Spanien und Italien eingewandert. Gesprochen wird Spanisch. Auch das Klima entspricht dem Norden Italiens oder Spaniens und ist entsprechend mild und sehr sonnig. Frosttage oder Schnee gibt es nur selten. Die Lebenshaltungskosten sind deutlich niedriger als in Deutschland. Die Kriminalitätsrate auch. Wen wundert´s?

Es wird Wein angebaut, vor allem Rotwein, aber auch Weißwein. Zudem wird im Land ganz passables Bier gebraut. Verdursten werden wir also nicht. Das war meine größte Sorge. Auch das Essen haben die Einwanderer aus ihrer Heimat mitgebracht. Man isst Pizza, Pasta und Meeresfrüchte. Außerdem gibt es in Uruguay die besten Steaks der Welt. Und das Asado, ein Grillgericht mit Fleisch und Würsten, bei dem die Uruguayer offenbar den ganzen Tag vertrödeln können. Das Grillen übernimmt dabei selbstverständlich ausschließlich der Hausherr, der Jefe, bei dieser Tätigkeit auch als Asador bezeichnet. Klingt irgendwie nach Matador, oder? Vegetarische Kost ist dagegen weitgehend unbekannt. Muss ich auch nicht haben. Allein der Gedanke an ein Asado lässt mich schon die Koffer packen. An dieser Stelle bin ich also schon fast unterwegs. Es kommt aber noch besser.

Wo Wasser ist, sollten Fische nicht allzu weit entfernt sein. Ein Blick ins Internet verschaffte mir Klarheit: Die Gewässer vor Uruguay zählen zu den fischreichsten der Welt. Dazu unzählige Flüsse und Seen. Das Anglerherz hüpft jetzt schon meterhoch.

Außerdem scheint neben der Hauptstadt Montevideo hauptsächlich der Küstenstreifen bewohnt zu sein. Man hat also den Atlantik oder die Mündung des Rio de la Plata direkt vor der Haustür. Wundert es Sie, dass ich inzwischen bereits Spanisch lerne? Und Carolin Bitten meinerseits neuerdings mit „Si, mi Patron!" beantwortet?

Auch die sonstigen Gepflogenheiten sind vielversprechend. So scheint in der Damenwelt der Minirock Mode zu sein. Dabei gehört es offenbar zum guten Ton, den Damen ungeniert auf den Hintern zu schauen und ihnen hinterher zu pfeifen. Damit kann ich gut leben. Das Pfeifen werde ich halt lernen müssen. Eine Frau, der nicht einmal mehr ein Bauarbeiter hinterher pfeift, hat ganz offensichtlich etwas völlig falsch gemacht.

Zudem sollen die Strände Punta del Este die schönsten ganz Südamerikas sein und die Sonnenuntergänge über dem Rio de la Plata die schönsten der Welt. Abends versammeln sich die Menschen auf der Promenade, schauen auf die über dem Meer untergehende Sonne und applaudieren. Nun wissen Sie, wo meine Sonne scheint. Es wird wohl die Abendsonne sein.

… und wo meine Sterne stehen?

Auch der Sternenhimmel soll in Südamerika etwas ganz Besonderes sein. Auf Grund der wenigen Lichtquellen sieht man den Sternenhimmel viel klarer und deutlich mehr Sterne. Und das berühmte Kreuz des Südens steht in strahlender Schönheit am Abendhimmel.

Also die Ruten klargemacht und die Haken geschärft. Vamos Pescadores! Da es kaum ein Strandbild aus Uruguay ohne mindestens einen Angler darauf gibt, wird sich auch für mich ein Plätzchen finden lassen. Und irgendeinen Fisch werde ich dann schon erwischen. Als Abwechselung zum Asado.

Es fehlt nur noch das nötige Kleingeld. Ich hoffe doch sehr, dass Sie mit dem Kauf dieses Buches dazu beigetragen haben, dass sich meine Träume erfüllen. Für diejenigen unter Ihnen, die sich das Buch schnöde geliehen haben, ist es allerdings noch nicht zu spät. Erwerben Sie ein Exemplar für einen Freund, oder, wenn es Ihnen nicht gefallen hat, meinetwegen auch für einen Feind. Sie bekommen dann in Kürze exklusive Angelberichte aus Uruguay.

Hasta luego!

Glossar

Dieses Buch habe ich eigentlich für Nichtangler geschrieben. Etwas Sachverstand und die Kenntnis einiger weniger Fachbegriffe erleichtern aber das Verständnis der Geschichten, daher habe ich die wichtigsten Begriffe kurz erläutert. Gut zu wissen ist auch, dass es im Wesentlichen zwei Grundprinzipien gibt, an den Fisch zu kommen. Beim Ersten sitzt man an einem festen Platz (Ansitz) und versucht, einen Fisch an diesen Platz zu locken. Diese Methode wenden Stipp-, Grund- und Karpfenangler an. Beim Zweiten wandert man um das Gewässer und sucht die Fische. Zu dieser Methode zählt man das Spinn- und Fliegenfischen.

Abschlagen – Waidgerechtes Töten der Beute.

Angeln – Nach derzeitigem Stand der Wissenschaft die komplizierteste, kostenintensivste und somit uneffektivste Art des Fischfangs.

Anschlag, anschlagen – Ruckartiges Anheben der Rute, wenn ein Fisch anbeißt. Treibt den Haken ins Fischmaul.

Beißindex, Beißzeittafel – Serviceleistung des Deutschen Wetterdienstes. Es wird das regionale Wetter der nächsten Tage vorhergesagt sowie die voraussichtliche Beißlust der wichtigsten Fischarten an diesen Tagen. Der Faxabruf kostet 0,62 Euro. Die Faxnummer für den Raum Braunschweig lautet 0900 – 100 19 28 20. Anwählen und wenn es piept auf „Abruf" drücken. Zusammen mit der Beißzeittafel aus Fisch und Fang kann man damit auf die Stunde genau bestimmen, welchen Fisch man am nächsten Tag fangen wird. Klappt vorzüglich, vor allem theoretisch.

Biss, beißen – Der Moment, in dem der Fisch den Köder nimmt.

Blondhase, angelnder – Kein Fachbegriff, sondern Wunschtraum der Jungangler

Boilie – Steinharter, pflaumengroßer Karpfenköder

Bremse – Vorrichtung an der Rolle, mit der die Freigabe der Schnur geregelt wird. Bei gelockerter Bremse wird Schnur leicht, bei geschlossener schwer freigegeben. Bei geschlossener Bremse besteht die Gefahr, dass die Schnur reißt (bricht).

Drill – Das Ermüden des Fisches, bis man ihn mit dem Kescher landen kann.

Friedfische – Fische die sich vorwiegend pflanzlich oder von Kleintieren wie Würmern ernähren.

Fliegenfischer – Fängt keine Fliegen, sondern angelt mit solchen

Futter, anfüttern – Um Fische an den Platz zu locken, wird Futter ins Wasser eingebracht. Teils geschieht dies, um sofort zu angeln, teilweise werden Fische auch über Wochen an einen bestimmten Fressplatz gewöhnt. Insbesondere Karpfenangler füttern mit großen Mengen und tagelang ihre Stellen an, bevor sie das erste Mal dort angeln.

Gaff – Übergroßer Haken an langem Stock, der der Landung kapitaler Fische dient. Sieht aus wie ein Angelhaken für Größenwahnsinnige.

Haken – Dient dem Befestigen des Köders und dem Festhalten des Fisches (gehakt) an der Angel. Neben Einfachhaken für Friedfische gibt es Drillingshaken (Drillinge) für den Fang von Raubfischen.

Kescher – Netz an einem langen Stil. Dient dem Herausheben der Fische aus dem Wasser.

Köder – Das Objekt, das am Haken befestigt, den Fisch zum Anbiss verleiten soll. Man unterscheidet Natur- und Kunstköder.

Kunstköder – Oberbegriff aller aus Metall, Gummi, Plastik etc. hergestellten Köder, die in der Regel einen Beutefisch imitieren sollen. Hierzu zählen Spinner, Blinker, Pilker, Gummifische und auch Kunstfliegen.

Landen, Landung – Das An-Land-Bringen der Beute, meist mittels Kescher oder Gaff. Könner machen es mittels Kiemengriff.

Lockspray – Flüssiges Lockmittel in Sprayflaschen, das auf den Köder gesprüht wird. Gibt es in mindestens 30 verschiedenen Sorten für Fische von Aal bis Zander und in Geschmacksrichtungen von süß bis fischig. Einige Sorten, stinken bestialisch. Insbesondere Reiheröl.

Mindestmaß, maßig – Länge, die ein Fisch mindestens haben muss, damit man ihn mitnehmen darf. Soll erreichen, dass ein Fisch mindestens einmal abgelaicht hat, bevor er in der Pfanne endet. Ist eine Erfindung deutscher Bürokraten. Ist ein Hecht 49 cm lang, ist er untermaßig und darf nicht mitgenommen werden, ist er 50 cm lang, ist er maßig und zu schlachten. Raum für gesunden Menschenverstand bleibt nicht.

Muffmolch – Schimpfwort für Karpfen, da diese häufig moderig schmecken.

Naturköder – Köder, die in der Natur vorkommen wie Würmer und Maden oder die aus natürlichen Stoffen hergestellt werden wie zum Beispiel Brötchenteig.

Raubfisch – Fische, die sich vornehmlich von anderen Fischen ernähren. Hierzu zählen Hecht, Barsch, Zander und Wels.

Rolle – Auf ihr ist die Schnur aufgespult. Wird an der Rute befestigt. Wichtig zum Auswerfen der Angel und für das Drillen des Fisches

Rute – Verlängerter Arm des Anglers. Wichtig beim Auswerfen, Anschlagen und Drillen. War früher aus Bambus, später aus Fieberglas und ist heute aus Kohlefaser.

Rutenhalter – Dient dem Ablegen der Rute. Früher nahm man eine in den Boden gesteckte Astgabel. Heute ist das Ding aus Alu und Plastik.

Schnur, Schnurstärken – Verbindung vom Haken zu Rute und Rolle. Man unterscheidet monofile und geflochtene Schnur. Über die Vor- und Nachteile geflochtener Schnur können Angler tagelang streiten. Monofile Schnur ist preiswert, lässt sich weit werfen und dehnt sich im Drill. Geflochtene kostet etwa das Fünffache, trägt das Fünffache an Gewicht und dehnt sich nicht, was beim Anschlag wichtig ist. Die Schnurstärke wird in mm angegeben, eine 0,25 er Schnur ist also einen viertel Millimeter stark und trägt als Geflochtene dann über 20 Kilo.

Spinner – 1. Angelverrückter Petrijünger – 2. Kunstköder, bei dem sich ein Metallblatt um eine Achse dreht (spinnt). Der dabei entstehende Wasserdruck reizt die Fische zum Angriff.

Spinnfischen – Oberbegriff des Angelns mit Kunstködern, außer mit Fliegen. Gilt nach dem Fliegenfischen als sportlichste Art des Angelns.

Stahlvorfach – Bissfeste Schnur aus Metallfäden für das Angeln auf Hechte. Sitzt zwischen Köder und Hauptschnur.

Stippangeln – Angeln mit Schwimmer, vorwiegend auf kleinere Fische, vor allem Weißfische. Wird von Kollegen gelegentlich milde belächelt.

Illustrationen

fish chub © Vasiliy Voropaev – fotolia angeln © Style-o-Mat – fotolia

fisherman 2 silhouettes © jan stopka – fotolia

Fishing lure icon. © ganolmc – fotolia Fly fishing lure © UVA concept – fotolia

Set vector icons on the theme of fishing © vectorpocket – fotolia

Few steel fishing hooks isolated © Zelfit – fotolia

Logo little fish + Logo fish with wave © designer_an – fotolia

Six icons © Holger Käding, Design-Pool Hamburg

159

Jörg Nöth

Der Autor ist 1957 in Helmstedt geboren, einem seinerzeit im „Zonenrandgebiet" gelegenen kleinen Städtchen.

Aufgewachsen ist er in der ländlichen Umgebung einer 4000-Seelen-Gemeinde. Diese Umgebung hat ihn bis heute geprägt.

Er hat in Göttingen Jura studiert und ist seit 27 Jahren als Rechtsanwalt und Notar in seiner eigenen Kanzlei tätig.

Zum Angeln kam er schon mit etwa sechs Jahren und hat mit Bambusruten und Würmern den Fischen nachgestellt, bevor er im Jahr 1971 die Anglerprüfung machte und einem Verein beitrat. Seine Leidenschaft zu seinem Hobby und seine Liebe zur Natur sind ungebrochen.

Eine Fortsetzung dieses Buches ist derzeit in Arbeit und wird voraussichtlich demnächst veröffentlicht.